崎義一の優雅なる生活

愛しき
リインカーネーション

CONTENTS

book design
Kanae Sakazume

愛しき
リインカーネーション

――きみを失うのは、悲しい

お前を失うのは、寂しい――

人里離れた山の斜面にへばりつくようにポツンと立つ、百年の歴史を誇る全寮制の私立男子校、祠堂《しどう》学院高等学校。

斜面の先、大海原から吹き上げる浜風の勢いや、秋の訪れは早く春の訪れは遅い、自然の影響を強く受ける、緑深く広大な敷地を持つ祠堂学院に在籍していた、当時のこと――。

全寮制という閉ざされた世界、新入生ですら一学期が終わる頃には全校生徒をなんとなく把握できるようになるのだが、誰も記憶していない同級生が、ひとりいた。

まるで妖怪《ようかい》の座敷童子《わらし》のように。

確かにそこにいて同じ時を過ごしたはずなのに、どこの誰かもわからない。それどころか、自分以外の誰もそいつを覚えていない。

ああ、厳密には違う。

『タケル！』

生徒たちの向こうにそいつを見つけて、駆け寄った友人。
鬱蒼《うっそう》とした林の木々の陰から、こちらを窺《うかが》うようにひっそりと佇《たたず》んでいた、そいつ。風景に溶け込むように気配を消していたそいつを目敏《めざと》くみつけた友人は、やけに誇らしげに、

『タケル、彼がギイだよ』

と、自分を示した。

――タケル。今は亡き友人が、輝くような表情でギイの名を教えた相手。
名字はなく、友人から、ただ〝タケル〟と呼ばれていたそいつは、他の皆と同じく祠堂学院

の制服を着ていたものの在籍の記録はなく、風景だけでなく生徒たちにも溶け込んでいたが、生徒や、教師をはじめとした大人たちの、誰の記憶にも残っていなかった。

ただひとり、ギイ、こと崎義《さきぎ》一《いち》を除いては。

遠く北海道にある小山、波瀬山《なみのせやま》のモノノケとも呼ばれ、友人、柊優志《ひいらぎゆうじ》の守り神でもあったタケル。

緋《ひ》色《いろ》に光る眼差《まなざ》しひとつで、ヒトの記憶を自在に操る、厄介なモノノケである。

まだ七月だというのに、こんがりと陽に焼けた小麦色のしなやかな両腕をすっと組み、

「物の怪《け》ってのは、古い物が妖怪に変化したものを指すんだろ？　だとしたら、俺は物の怪とは別モノだな、ギイ」

タケルがからかうように訂正してよこした。

タケルからの預かり物を返却したい。ついては、七月後半からは身動きが取れなくなるのでなるべく早く。とのギイからの連絡を受けて、待ち合わせ場所にタケルが指定してきたのは、お稲荷《いなり》さんの縁日に催されているお祭り。

お社は小ぶりでたいそう地味だが、町外れの、地域にかなり古くから祀《まつ》られている、ならではの、境内の広さを持つお稲荷さんだ。

よく晴れた星空の下、境内に鳴り渡る賑《にぎ》やかな祭り囃子《ばやし》に、浴衣《ゆかた》やラフな服装で訪れている近隣の人々の寛《くつろ》いだ顔が夜目にも明るい。

人目を避けながらもお祭り全体が見渡せる、街灯もない、下草や木々が生い茂る高台。すっかり小麦色に焼けたタケルとは好対照、日に焼けても赤くなるだけで、抜けるような白い肌をしているギイは、日本人に四分の一フランスの血が流れるクォーターで、国籍としてはアメリカ人だ。

多種多様な事業を興し世界中を飛び回っていたのだが、二十代の最後の年、この春に、すべての仕事をリタイアし（それぞれの適任者にそれぞれの全権を託し）拠点を日本へと移した、崎義一。世界屈指のグループ企業の御曹司であるだけでなく、これまでの仕事で得た莫大《ばくだい》な個人資産を背景に、傍目《はため》には、若くして悠々自適の日々である。

「別物？　モノノケでないとして、妖怪ってわけでもないんだろ？」

ギイは冗談めいた軽い調子で返す。

タケルの正体を深掘りしたいわけではない。いや、本音を言えば、タケルの正体には興味がある。

だが、迂闊《うかつ》に触れられぬ〝怖さ〟があった。

「妖怪でも物の怪でもない。俺は俺、だからな」

「タケルはタケル、……か」

戸籍はもちろんのこと、名字もなければ、ただひとつ確実と思えるその名とて、本当の名な

のか、定かでない。

タケルのなにもかもが霞《かすみ》のように、とらえどころのない存在なのだ。

「ならばタケル、便宜的に、これまでどおりの〝波瀬山のモノノケ〟のままでも、いいんじゃないか？」

「どうしてだ？　俺はもう、波瀬山にはいないぞ」

なににも執着やこだわりのないタケルがきょとんと続ける。

ギイはやや声を改めて、

「まだその名で呼んでいる人達が生きているだろ」

柊優志は夭逝《ようせい》してしまったが、彼の家族は生きている。そしてまだどこか心の片隅で、タケルを、波瀬山のモノノケを、守り神として敬っているのだ。「せっかくの呼び名を、捨てることはないだろう？」

なにもかもが霞のようで、まさに今、目の前で、ふっと、霧散して消えてしまうかもしれないタケル。

「せっかくの呼び名、ねえ」

タケルはニヤリと笑うと、「つくづくロマンティストだよな、ギイは」

また、からかう。

「オレは、人と人との縁を、多少なりとも大切にしているだけだよ」

それをロマンティストと笑うタケルは、これまでに、無数の〝縁〟を見送っている。ギイに

は想像もつかない、遠く、遥《はる》か昔からの長い長い歳月の中で。

朝に生まれたかと思えば夕方にはもうこの世を去っている。タケルにとって、ヒトとはそういう儚《はかな》き存在なのだ。

だとしても。

「タケルにだって、多少なりとも、こだわりはあるんだろ？」

ヒトと関わることに。

見た目の姿形こそ人間だが、正体はまったく不明な、なにか。

「こだわり、ねえ」

曖昧《あいまい》に繰り返したタケルに、

「でなければ、いくらお気に入りのブンさんから頼まれたからといって、縁も縁《ゆかり》もない奴と、兄弟の真似事なんかできないだろ？」

ヒトに執着しないタケルが珍しく気に入っているブンさん、こと、刑事の飯田《いいだ》文弘《ふみひろ》が、心配し続けている天涯孤独の甥《おい》っ子。

風来坊のタケルだが、優志の父、柊家の当主に請われて波瀬山に守り神として棲《す》んでいたように、今はブンさんの切なる願いを受けて、ふたり暮らしのアパートで〝弟〟を演じている。

甥っ子である〝兄〟は、タケルを本当の弟と思っているのだ。

眼差しひとつでヒトの記憶を自在に操る厄介なモノノケ。

切なる願い。――俺を、俺の甥の陽介《ようすけ》を、助けてくれ。後生だ、タケル。

幼くして亡くなった陽介の弟のふりをして欲しい。せめて、あいつが立ち直るまで。いつ、ふっと姿を消してしまうかわからない気まぐれなタケルに縋《すが》りつくほど、ブンさんは甥っ子が心配でならなかった。

　だがタケルの力は劇薬だ。

　効果は絶大、副作用もまた恐ろしいほど大きい。

　恐ろしさを承知で、ブンさんはタケルに頼み込んだ。——より惨《むご》い結末が待っているかもしれないのに。立ち直るどころか、更なる地獄に落ちるかもしれないのに。

　ギイの脳裏に、優志の義母、柊蝶子《ちょうこ》が浮かぶ。彼女は受け止めきれなかった。壊れた心は、容易には元に戻らない。

　引き受けたタケルは、いったいどこまでの責任を背負う気なのか。——もしかして、陽介の生涯を通じ〝弟〟として生きるのか？　その覚悟をしているのか？

「それにしても、本当に外見が変わらないんだな、タケルは」

　ギイは明るく切り出す。

　かれこれ十年以上の付き合いになるが、今月末には三十歳を迎える（実年齢よりかなり若く見られるが）ギイに対し、タケルの姿はまったく変わらず、祠堂学院の制服を着ていた高校生くらいの少年の姿のままだった。

「お前だって似たようなモンだろ？　大学生でも通るぞ」

「まだギリ二十代だが、大学生は、さすがに無理だろ」

ぷぷっと噴き出したギイへ、

「いや？　大学生ならいけるだろ」

タケルは真面目な表情で返し、「お前、人間離れしてるもんな」と続けた。

人間離れ。――何度目かのタケルの感想。

「マジで、ヒトより、こっち寄りなんじゃないか？」

からかいとも本気ともつかない、何度目かのセリフ。

ヒトではないタケルから〝人間離れしている〟と評されるのは、ギイにとって、かなり複雑である。

いつもの軽口の応酬はなく、からかいに乗ってこないギイへ、

「……悪い」

タケルは短く謝った。

この種の冗談だけは、ギイには通じない。うっかりしていた。

普通の高校生、を、したくて、そういう生活を送りたくて、ギイははるばるアメリカから祠堂学院へ留学した。

飛び級に飛び級を重ね既に大学を卒業している学歴を隠し、入学以降の試験では、ほどほどに手を抜いた。

極力目立つことは避け、ただただ普通の高校生活を、気の置けない友人たちとのかけがえの

ない時間を、過ごしたくて。

なにより、ずっと想いを秘め続けていた初恋の人との、ひとつ屋根の下、共に過ごす時間を手に入れたくて。

「うわ。タケルに殊勝に謝られると不気味だな」

ギイは笑い、「いいって。最近は、社会に出てからは、それほど気にしてないから」

幼い頃は天才少年などと大人たちの耳目を集めたものだが、成人し、より広い世界に自ら飛び込むようになってから〝天才〟はあらゆる世代のどこの世界にもいて、彼ら彼女らとのやり取りは快適で、同い年の友人がひとりもいなかった子ども時代、どこにいても静かに疎外感を抱いていた、そんな過去の自分を振り返ることも減っていた。

ただタケルがあまりに異質で、そのタケルからこっち寄りと評されるのは、正直、穏やかでないだけで。

タケルと出会ったことで、ギイも気づいてしまった。自分のとある異質さに。否定しきれない己の不可解さに。

なぜか、ギイはタケルを思い出せる。祠堂の誰もタケルを覚えていないのに。

タケルが能力を使った直後は、ギイも他の皆と同じく別の記憶を持っていた。ところが徐々に記憶の向こうに別の記憶が、二枚のフィルムが透過するように朧《おぼろ》げに見え始め、やがて、隠されていた記憶にフォーカスがぴたりと合う。

その事実を知ったときのタケルの愕然《がくぜん》とした表情。

化け物を前にしたかのように、極限まで警戒した黒から緋色に変容した双眼。

タケルの能力は完璧《かんぺき》だ。にもかかわらず、そんなことが一度ならず二度もあり、以降タケルはギイを別枠で扱うようになった。

『なにがあっても、もう俺は、お前の記憶はいじらない。どうせそのうち思い出すんだろ？』

冗談とも本気ともつかぬ口調で、裏側の話もしてくれるようになったのだ。

ふと、タケルの視線が縁日の人波に流れる。

視線の先に、縁日を楽しむ古幡《ふるはた》雨月《うづき》の姿があった。年は十六。高校二年生だ。彼の傍らには同じ年頃の美少女と、やや年上の男性が。

高校一年生の千賀《せんが》品子《しなこ》と、彼らが通う私立高校で数学教師をしている兄の千賀隼斗《はやと》。

三人は幼なじみだそうだが、初々しい高校生カップルと、妹を心配する保護者に映った。

「……前回は秋彦《あきひこ》くん。今回は雨月くん、か」

名前も素性も容姿もなにもかも異なるけれど、同じ魂を持つ、タケルの大切な存在。恋人などという軽い言葉では表しきれない、かけがえのない存在。

とらえどころのないタケルの、ただひとつの、本気。

「おい」

タケルはちいさく舌打ちすると、「いちいち名前を出すな」

低く凄《すご》み、やっぱり話すんじゃなかった、と、ちいさくこぼした。

ただひとつの本気、それはつまり、タケルのただひとつの弱点でもある。

センシティブな話題だが、ここにはギイとタケルのふたりきりしかいないので、ギイはかまわず、

「オレが生きている間に、〝タケルの特別〟の顔が拝めるとは思わなかったな。ちゃんと実在するんだな」

妙な感心をしつつ、「オレは、優志もそうかと思っていたら、否定されたしてっきり、秋彦⇒優志の順なのかと。

「はあ？　もし優志もそうだとしたら、最短で生まれ変われても雨月は中学生のはずだぞ。高校生ではあり得ない。それくらい、超絶優秀なそのアタマで計算できるだろ？」

最短。優志が亡くなった直後に雨月が生まれたとしたら、である。

優志が〝そう〟だと、タケルに打ち明けられたことはなかったが、言われるまでもなく〝そう〟だと勝手に思い込んでいた。あまりに条件に合致するので。

「オレが雨月くんの存在を知ったのはつい数日前だからな、計算云々《うんぬん》は関係ないよ」

ギイは負けじと言い返してから、「てか、そもそもヒトはそんなに早く生まれ変わったりしない、だったか？」

以前にそう、タケルが教えてくれた。

共にこの世にある時間より、アイツがいない時間の方が圧倒的に長いと。だからこそ、の、願いがタケルにはある。

「そうだよ。数百年と生まれ変われないことだってあるからな」

「つまり、普通はそこまでではない？」

「たいていは百年以内だ」

「数百年と百年以内とを比べたら、百年以内はあっと言う間のような気もするが、同じ百年以内でも一年と百年とでは大違いだな」

それだけの幅があると、大切な人が生まれ変わってきたとしても、その時点で自分が生きている保証はない。──生まれ変わりに気づけたとして。「つくづく不思議なんだが、タケルには同じ魂がわかるんだろ？　どうしてわかるんだ？」

「見えるからな」

タケルはあっさり答えるが、

「見えるって、──なにが？」

ギイには未《いま》だにさっぱりだ。

「なにって、何度説明しても理解できないんだから、もう訊《き》くなよギイ」

「オレに理解できるよう、タケルが説明すればいいだけの話だろ」

タケルはふんと鼻を鳴らし、

「永遠の平行線だな」

カラリと笑う。

「平行線だと突き放すなよ。無理を承知で、それでもオレは、どうにか理解したいと思ってるんだよ。タケルが見ている世界の核を」

「いやいや、無理すんなって」

「ここは無理すべきだろ」

「わけわからん。なんだってそんなに執着するんだ？」

「決まってる。友だちだからだ」

「――はあ⁉　トモダチ？　俺とお前がか？」

大受けしかけたタケルを遮るように、

「もう、いい」

ギイは横目でタケルを制して、「ならば質問を変えるよ。どこにいてもわかるのか？　あ、アイツが生まれてきた、と」

ギイがマンハッタンで祠堂学院への受験を迷っていた頃、タケルが北海道の波瀬山で優志を見守っていた頃に、古幡雨月はこの地で生まれた。

「わかるか、そんなもん」

タケルは一蹴《いっしゅう》する。

わからないのに、巡り合う。

どんなに離れていようとも、必ず出会う。ふたりを繋《つな》ぐ見えない糸に、ゆっくり、手繰り寄せられるように。

そうして、今回も出会ってしまった。

「さっきの話だが、ギイの勝手な思い込みにも笑えるが、優志が恋していたのは、俺じゃあな

いからな」

「えっ？　優志、好きな人がいたのか？」

　ギイは驚く。「知らなかった。優志とはいつも双方の家の未来の話ばかりしていたから、色恋沙《ざ》汰《た》とは無縁かと」

　古い家柄の柊家。実家の周囲に広大な地所を持つものの、そこに特別ななにかがあるわけではない。ただただ広大な手付かずの土地があるだけだ。

　価値が上がる保証はない。

　大地主として胡座《あぐら》をかいていては、旧態依然の遣《や》り方では、家は衰退の一途である。

　どうしたら家を栄えさせ、且つ、地域振興の役にも立つのか。

　長男で跡取り息子同士であるギイと優志は、顔を合わせるとそんな話ばかりしていた。楽しくて楽しくて、時間が過ぎるのも忘れて妄想や構想を語り合った。

「それだよ」

「それ？」

「優志は、柊家の未来に恋していたんだよ」

　祠堂に入学し、ギイと出会ったことで優志は変わった。「自分の将来に、柊家の行く末に、なんの希望も見出《みいだ》せずにいた優志が、お前と出会ったことで、抱えきれないほどの夢を描くようになったんだよ」

　自慢の友人。――本音では〝親友〟と呼びたいけれど、肩を並べたいけれど、ギイにはとび

きりの仲間が何人もいるから。中でも寮の同室の赤池《あかいけ》くんとか。ねえタケル、本当に凄いんだよギイは。この前もね——。

ギイを語る優志はいつもどこか誇らしげで、輝いていた。

世界屈指のグループ企業の御曹司で異国からの留学生、桁外《けたはず》れにゴージャスなバックグラウンドだけでなく、周囲を圧倒する美貌《びぼう》、目から鼻に抜ける利発さと、とんでもない記憶力、同い年とはとても思えない博識の、そんな人が自分と同じ高校に、同じ学年に、しかも同じクラスにいることは奇跡である。おまけにきさくで、どんな話をしても明るく受け止めてくれるのだ。何時間話していても飽きることがない、魅力的なギイ。

祠堂を卒業したならば、日本を飛び出しギイと一緒に世界を渡り歩いてみたかった。

研鑽《けんさん》に研鑽を重ね、力を付けて北海道へ戻り、家を再興させたかった。

「……そうか」

ギイはゆっくり頷《うなず》き、「つまり、優志は、自分の未来に、恋していたのか」

ああ、悔しいな。抱え切れぬほどの夢、ひとつでいい、叶《かな》うところを見てみたかった。——生きていて、もらいたかった。

高校一年生の冬に行方知れずとなり、翌年の冬、遺体で見つかった優志。

縁日を楽しむ古幡雨月は、高校二年生。

優志はタケルの想い人ではないが、続けざまの若過ぎる死をどうにか避けたいと願うタケルの気持ちは、理解できる。

「だからって、なあ」

今度はギイが白くて長い両腕を組んだ。「さては本物の馬鹿だろ、タケル」

「馬鹿だとお？」

暗闇の中、タケルがギイに振り返る。

「雨月くんが他の誰かと恋をするのを見守るとか、オレには考えられないよ」

「はあ？　あれでいいんだよ。ったく、ちっともわかってねーなあ、ギイ」

わかってなくはない。雨月を失いたくない一心で、タケルがそのルートを選んだことは理解している。

雨月のこの世での時間と引き換えに、タケルは雨月と関わらないことを決めた。

そう、わからなくはないし、

「美男美女だし、お似合いだけどな」

雨月も品子もまだ高校生なので、美少年と美少女か。

それはさておき、もうひとつ、ギイが引っ掛かるのは、複雑そうな表情で遠慮がちにふたりと一緒にいる品子の兄、隼斗の存在。なにか言いたげに雨月を見る眼差し。

「なあタケル、微《かす》かに三角関係の匂いがするのは、オレの気のせいか？」

相変わらず勘の良いギイに、

「気のせいだよ」

内心密《ひそ》かに感心しつつ、タケルは即答する。

預かり物を返却したい、なるべく早く。と、ギイから急《せ》かされなければ、この日を指定などしなかった。

なんなら、

「わざわざこんなところまで返しに来なくても、そっちで勝手に処分してくれてかまわなかったんだぜ、ギイ」

タケルは渡された不透明でロゴのない厚手でマットな緑色のビニール袋を、ぐいぐいとギイの腕へ押しつける。「胸のド真ん中をまあるく切り取られた穴の空いたTシャツなんて、いくら俺でも着ないからな」

タケルが着ていたTシャツに、雨月や品子が絡む、とある事件の痕跡《こんせき》が残っていた。既に解決済みだが、その分析を、タケルはギイに依頼していた。

「こっちで勝手に処分なんかできるわけないだろ？　だいたい、これが遠路はるばる届けにきたオレへの態度か？」

「遠路はるばるって距離じゃねーだろ、むしろ目と鼻の先だ。文句を言うなら、日を改めれば良かっただろ。俺がそっちへ取り行ったのに」

「いやいやいやいや」

ギイはにやりと笑う。待ち合わせ場所にここを指定したのはタケルだが、なぜに縁日？　に対してのタケルからの返答に、俄然《がぜん》ギイは乗り気になった。「千載一遇のチャンスだぞ、返しついでに、タケルの馬鹿っぷりを見物したかったんだ」

関わらないと決めているが、見守らないとも言わないタケル。

タケルの輪廻《りんね》する深い縁の相手のこと、百年を待たずに、しかも、自分《ギイ》が生きている間に、現れたのだ。なんとしてもこの目で見てみたいと思うのは当然だろう。たとえ地の果てにいようとも、是が非でも駆けつける。

生まれながらに長生きできないと医師に宣告されている雨月。——秋彦も、そうだったらしい。虚弱で、線の細い、少年。

だとしても、自分と関わらなければそう易々《やすやす》とこの世を去るスイッチは押されないと、タケルは言う。

タケルと恋に落ちることで、カウントダウンが始まってしまうと、タケルは言う。

過去、一度も避けられなかった邂逅《かいこう》。一度も避けられなかった宿命。

だとしても、

「この世で一番大切な相手を他の誰かに譲るなんて、オレには到底理解できないね」

自分には無理だ。託生《たくみ》を誰かに譲るとか、天地が引っ繰り返っても無理だ。

「……譲るも譲らないも」

タケルは遠く、雨月を見詰め、「アイツが、自分で選んだんだよ」

千賀品子という少女を。

この世のなによりも大切な存在。なのに〝アイツ〟は、タケルと出会い、恋に落ちることで儚い命を散らしてしまう。ただでさえヒトの命は短いのに、アイツはただの一度も成人を迎え

たことがないのだ。

何度も、もう何度も何度も、気の遠くなるほど何度も繰り返されてきた現実。

タケルと出会って命を散らせてしまうくらいなら、この方がずっといい。

生きていて欲しいのだ。

タケルと恋をすることなく、そうして、これまでにない長い人生を歩めるのなら、俺は大歓迎だよ、雨月。

「だがなタケル、水を差すようで申し訳ないが、あのふたりが付き合うことになったきっかけは、吊《つ》り橋効果ってやつだろう？　それでくっついたカップルは案外と脆《もろ》いぞ？」

ギイがタケルから預かった品物にまつわる、きな臭いあれこれ。それは事件と呼ばれるもので、無事に解決を迎えたのだが（ということで返却にきた）、その事件がきっかけで、もともと幼なじみであったとはいえ、雨月と品子の距離が急接近したのだった。

「大きなお世話だ。お前らだって似たようなもんじゃねーか、吊り橋効果」

「オレと託生？　そうか？　吊り橋効果なのか？」

ギイは過去を振り返る。

高二の春。とある策略により、ふたりが閉じ込められた取り壊し寸前の古い音楽堂。だが建物はたいそう堅牢《けんろう》で、天井近くのちいさな明かり採りしかない真っ暗な埃《ほこり》まみれの空間で、どうやっても出られそうにない、助けも期待できないとパニックを起こしかけた託生を励まし、初めてこの腕で抱きしめ、片思いを告白したギイ。

初めてのキスもした。

「あれも吊り橋効果だったのか？」

いや、そんなことはないだろう。おかげで告白できたけれども、そもそも自分たちは両片思いだったのだから。「単なるきっかけに過ぎないような――」

「はいはい、どっちでもいい、メンドくせー」

タケルは煩しげに手を振って、話を切り上げた。

ギイの指摘のように、脆い関係なのかもしれない。だが結末はどうであれ、今、雨月は品子を守るように、凛々《りり》しい眼差しで見詰めている。タケルが初めて目にする、手厚く庇護《ひご》されるだけの少年の顔ではなく。

数十年前の夏の夜、急に体調を崩し床に伏した秋彦は、楽しみにしていた神社の祭りに行けなくなり、赤いヨーヨーを土産にとタケルにねだった。

生来の虚弱ゆえに制限の多い人生を、それでも粛々と受け入れていたものわかりのよい秋彦らしくない、精一杯のワガママをタケルにぶつけてから、咄嗟《とっさ》に顔を両手で覆って、

『きみに会いたくてたまらないんだ』

泣き出しそうな震える声で、告白された。

一度床に就くと、何日も、下手をすると何週間も日常生活に戻れない。自分からは会いに行けない。だから土産の赤いヨーヨーを手に、自分に会いにきて欲しいと。

『会いたいんだ、――好きなんだ』

儚く脆い秋彦と重なるものは、あの雨月には欠片《かけら》もない。

おかげでタケルは安心して、

「俺は俺で、やるべきことに集中できるよ」

やるべきこと。――陽介の弟を演じること。

雨月たちから少し離れた所で、人込みの中、やや緊張した面持ちで人を待っていた陽介が、会社の同僚の小柳梓《こやなぎあずさ》とその妹の真己《まき》と合流するのが見えた。

無事に合流できてホッとしたように笑う加々見《かがみ》陽介。――憂いも曇りもない笑顔である。

ギイはタケルの視線の先を追い、

「……そうか」

タケルの、今の生活を垣間見《かいまみ》る。

ヒトの人生は複雑だ。タケルという劇薬の副作用を除外したところで、どれほど最善を尽くしたところで、惨い結末を迎えることはあるだろう。

なにもかもを飲み込んで、タケルは陽介の人生に関わることにしたのかもしれない。

「タケルがいいなら、それでいいさ」

だがギイは違う。

自分以外の誰かとの人生の方が託生はしあわせになれると直感する日が、もしも訪れたとしても、潔く諦《あきら》めることなどできそうにない。

ギイがすべてをリタイアしてまで日本へ来た理由、――葉山《はやま》託生。

猛スピードで走り続けた二十代、興した多種多様な事業で、人々から求められるままに、文字通り世界中を飛び回っていた日々が、好奇心の塊のようなギイの心が、あるとき、ピタリと止まった。凪《なぎ》のように、そよとも動かなくなった。

自分が空っぽになったような気がした。

なにもかもが色褪《いろあ》せて見えて。

ぼんやりと、このままこんなふうに、心は枯れてゆくのかなと思った。

それすらどうでもいいような気がしてきて、徐々に鈍感になってゆく自分に、珍しく託生から電話がかかってきた。多忙なギイとの連絡は専らメールで。移動ばかりしているので世界のどこにいるかもわからない、時差を考慮することもできないから、と。

『ギイ』

耳元で名前を呼ばれて、託生の声を耳にしただけで、一瞬で世界が色を取り戻した。

止まっていた心が動く。

奇跡だ。と、思った。

緊急の用事ではないし、なんとなく声が聞きたくなったから駄目モトでかけてみた。と、照れたように話す託生に、運命を感じた。

いつも託生がオレを救う。本人の知らぬ間に、勝手にオレが救われてゆく。託生の代わりなんていない。この宇宙にただひとりだけだ。

託生からの電話の後、しばらくすると、またしても世界は色褪せてしまった。自分の身に起

きていることを正確に把握できているわけではない。慢性的な疲れが出ているのではと診断する医師もいた。完全リタイアは極端だが、関わる仕事量を減らすのは正しいでしょうと。

やがて――。

ああ、オレは、託生のそばにいたいんだ。

という、シンプルな結論に行き着いた。

住宅街の一軒家、どうにか託生をくどき落とし、ふたりで暮らし始めて二カ月ほど。抜け殻のようになっていたと伝えても、未だに託生にだけは信じてもらえない。託生と共にいるギイは、輝くばかりのエネルギーに満ち溢《あふ》れているから。

そう、治ったわけではない。

症状は今も変わらない。

祠堂学院への留学を進路に加えたのも、託生の志望校がそこだと人づてに聞いたからだ。ギイはずっと、初めて託生と出会った幼い日からずっと、託生に心を揺り動かされ続けている。

愛しているのだ。

ああ、託生に会いたい。

ほんの数時間前まで一緒にいたけれど、今すぐ会いたい。託生の顔を見て託生が嫌がるほどきつく抱きしめて、キスの雨を降らせたい。

「さて、と。タケル、オレはそろそろ帰るよ」

「おう」

タケルが短く返す。

ギイは、託生の待つ家へ。

タケルは、祭りを楽しんでいる仮初めの家族——陽介の元へ。

じゃあまたな。と去りかけて、ふと、ギイは立ち止まる。

タケルへ戻した預かり物、それにまつわる疑問点。事件は解決しているのだが、タケルの耳に入れておいた方が良いだろうと判断し、内容を手短に伝えてから。

ギイはするりと姿を消した。


ミンミンゼミやアブラゼミなどの、樹木の多い大学の敷地でそこかしこから粘っこく鳴き響《とよ》む彼らの賑やかな大合唱も、分厚いコンクリートの壁で囲まれている建物に入ると、ぴたりと聞こえなくなる。

おまけに館内にはしっかりと冷房が効いていて、その快適さに、託生は思わずふうと大きく息を吐いた。

自宅から大学まで徒歩で通える距離なのだが、真夏の炎天下、日差しの強さに肌がチリチリ

と焼け、拭《ふ》いても拭いても噴き出す汗。

「こんなことなら、ギイにクルマで送ってもらえば良かったな」

せっかく、出掛けに、

『託生、オレ、クルマで出るし、ついでに大学まで送って行こうか？』

と訊いてくれたのに。

いくらクルマとはいえ、通りすがりに降ろしてもらうのならまだしも、本日のギイの行き先が大学とは反対方向だったので、わざわざ遠回りさせることになるし、と遠慮した。

託生は遠慮し過ぎだし、気にし過ぎ。

しょっちゅうギイにからかわれる託生だが、性分なので仕方ない。が、今日ばかりは遠慮しないでおけば良かった。

デイパックから常温のミネラルウォーターのペットボトルを取り出して一気に呷《あお》る。

高校までは、夏休みといえば七月の中旬から八月の末頃が定番だったが、大学では（学校によってかなりの差があるが）ここ、桜ノ宮坂《さくらのみやさか》音楽大学では、七月下旬から九月いっぱいまでが夏休みである。

二カ月ちょっと。かなり長い。

しかし音大生には休みなど、あってもなくても日常生活にさほどの差はない。

大学の講義こそ休みだが楽器の練習は毎日するし、師事する教授の自宅レッスンを個人的に受けに行ったり、大学施設の有料の個人練習室も毎日満員御礼状態で、オーケストラなどの合

奏の練習、その他諸々《もろもろ》、夏休みに入って数週間が経つけれど、大学には夏休み前と変わらぬ、多くの学生の姿があった。

　さすがに炎天下では、外で楽器練習をする学生はほぼほぼ見かけないのだが（猛者《もさ》が、いるにはいるが）代わりに（？）廊下や階段の踊り場から、様々な音が聞こえていた。

　学生課を抱える事務局も例外ではなく、順番で夏休みを取っているという事務員の数こそ、平常よりやや少ないが、利用する学生は多く、応対する事務員は忙しそうであった。

「こんにちは。盛況ですね」

　カウンター越しに託生が声を掛けると、

「葉山さん、お疲れさまです」

　事務員のひとりが応対に来てくれた。

「これ、お土産です。井上《いのうえ》教授室からです。皆さんで召し上がってください」

　託生は持参した大きめの紙袋をカウンターへ載せる。

「まあ！　ありがとうございます」

　事務員は嬉《うれ》しそうに紙袋を両手で受け取って、「井上教授室から、ということは、京古野《みやこの》教授のご自宅の島で行われたサマーキャンプの？」

　ピアノ科の教授で、世界的ピアニストでもある京古野耀《あきら》、その自宅である伊豆《いず》半島の東海岸にぽつんと浮かぶちいさな島、九鬼島《くきじま》。

「はい、そうです。なので、伊豆土産、ですね」

「もう終わったんでしたっけ？」

「おかげさまで、無事に終わりました」

「それは、お疲れさまでした。今年も指導陣は豪華だったそうですね。ここに在職している間に一度は見学に伺いたいものです」

冗談とも本気ともつかない言い方に、託生は曖昧な笑みを返した。

毎年夏に行われている、クラシック音楽を学ぶ中学生や高校生を対象とした井上佐智《さち》主催のサマーキャンプは、超一流の指導陣によるとてつもない指導力の高さに並び、世界中から集まってくるゲスト演奏家の豪華さが、毎回、話題となっていた。幼い頃から天才少年バイオリニストとして世界的に有名な井上佐智の、演奏力だけでない人脈力の凄《すさ》まじさ、自由で活発なサマーキャンプの雰囲気造り、評判が評判を呼び、今やクラシック音楽を学ばない人たちにとっても垂涎《すいぜん》のイベントとなっているのだ。

当然のように、資格もないのに強引に参加を捩《ね》じ込んでくる人も現れ、そのあたり、イベント関係者で井上佐智の専属スタッフである託生には、頭の痛いところであった。

「あっ、ごめんなさい、今の社交辞令ですから」

事務員が慌てて否定する。「すみません葉山さん、どんな様子なのか一度くらい覗《のぞ》いてみたいなと思っているのは本音ですけど、なにせ皆の憧《あこが》れのイベントですから、でも、葉山さんを困らせたくて言ったわけじゃないので」

「いや、ゃ、こちらこそ……」

我ながら情けない。幾つになっても、託生は話をさらりと躱《かわ》すのが下手だ。冗談ですら真正面からもろに受け止め、しかも気の利いた返しすらパッと思いつけない。良い歳をして、不器用過ぎる。「すみません。ちょっと、本気で返事に詰まってしまって」

恐縮する託生に、事務員は懐かしさを覚えた。

バイオリン専攻で桜ノ宮坂に在籍していた学生の頃から、たいそう生真面目だった託生のことをよく覚えている。お調子者ではない、あまり融通の利かない託生に、事務員はむしろ好感を持っていた。

託生は、口先だけの無責任なことは言わないし、しない。

ソリストコースの学生はピアノの伴奏者と必ず組まねばならないのだが、託生のピアノ伴奏を担当していたピアノ科の城縞恭尋《じょうしまやすひろ》と、託生のコンビは、とにかく目立っていた。

悪くいえば変わり者のふたり。

他人を寄せつけない、とっつきにくいツートップ。

城縞にしろ託生にしろ、話してみると存外きさくなのだが、無愛想で人付き合いをまったくしない城縞と、城縞ほどではないにしろ、交友関係はあまり広くない託生。

孤高の天才とも呼ばれ、実技の試験で毎回ダントツだった城縞は、クールなルックスも相俟《あいま》って女子学生たちからモテまくっていたのだが、浮いた話を、在学中ついぞ聞くことはなかった。——卒業後の城縞は、世界を舞台に若き新進気鋭のピアニストとして目覚ましい活躍をしている。確か今回の井上教授主催サマーキャンプの演奏ゲストのひとりだったはずだ。

その城縞が、心を開いていた葉山託生。

ソリストと伴奏者、相性だとか音楽性の違いだとかが原因で、コンビを組んでもうまくいかないケースは山とあるのに、ソリストとして超一流の城縞が伴奏を担当すること自体、常識的にあり得ないだけでなく、彼らは卒業までコンビを組み続け、なんと、卒業後も交流は続いているという。

話を戻すと、サマーキャンプだけでなく、井上佐智本人に近づこうとする輩《やから》も数知れない。なにせ彼はバイオリンの天才であるだけでなく作曲や編曲の才能もあり、年若くして音大の教授であり、世界的企業の御曹司で、加えて天使のような清楚《せいそ》で繊細な美貌の持ち主なのだ。常に、なんとかお近づきになろうと人々が群がる。

その井上教授が最も身近なスタッフとして個人的に雇用したのが、かつての大学の教え子でもある葉山託生だ。

あの井上佐智から、絶大な信頼を得ている人。

「――あ」

事務員は、ハタと、託生を見詰める。「葉山さん、すみません、今って、少しお時間ありますか？」

「え？　はい。ありますけど」

今日は土産を事務局に届けてから、数週間不在にした井上教授の教授室で、軽く室内の掃除と、教授宛の郵便物やパソコンメールのチェックをするだけだったので。

さっと周囲に視線を巡らせた事務員は、

「でしたら、あちらへ」

と、応接室を示した。

――お、応接室⁉

託生はびびる。来賓用の部屋なので、学生時代も、大学で仕事をするようになってからも、一度も利用したことがない。

つまり、カウンター越しにできるような話ではないということか？　――え？

託生は咄嗟に身構える。

重い話？

やっとサマーキャンプの重責から解き放たれたばかりなのに？

さすがにしんどい。今からでも、急用を思い出したとかなんとか言って、話を聞かない方が良いだろうか。

「すみません葉山さん、卒業生の話なので、カウンターでは」

応接室まで先に立って進みながら、事務員が付け足す。

「……卒業生？」

ああ、個人情報に関わるから個室へ、ということか。――なんだ。

なにかの聞き取りということかな？

少しだけ気が楽になる。ならば知っていることを話したら、お役御免だろう。

初めて入室した応接室は、革張りのソファこそ高級感があるけれど、室内の装飾はシンプルで、雰囲気に気圧《けお》されるということはなかった。

「座って少しお待ちいただけますか？　担当の菱川《ひしかわ》を呼んできますから」

事務員は言うと、応接室の奥に設置されている小型の冷蔵庫からペットボトルの緑茶をグラスに注いで託生にすすめ、応接室を出て行った。

地元の人々から〝桐嶺ケ丘《とうりょうがおか》〟と呼ばれている小高い丘の上に建つ、私立桐嶺学園高等学校。

八月中旬、夏休みの間に一日だけ設けられている登校日。全校朝礼は熱中症を考慮し、全校生徒をグラウンドに整列させることはせず、各教室に全校放送で流す〝学園長先生のお話〟を各々の席で起立した状態で拝聴することになっていた。

——ああ、気が滅入《めい》る。

千賀品子は一年A組の自分の机に頬杖《ほおづえ》を突き、ぼんやりと窓の外を眺めた。

昨夜、寝る前に、嫌な話を聞いてしまった。聞きたくて聞いたわけではない。家の廊下を歩いていたときに、たまたま耳に入ってしまったのだ。

『これを機に、雨月をただのお飾りにするんだよ』

父の声。温かさのカケラもない、仕事をしているときの事務的な声。

『ですがお父さん』

『隼斗』

反論しかけた兄を低く制して、『わかっているんだろうな。隼斗、お前は、桐嶺学園学園長の息子だ。実質学園を動かしている私の、跡継ぎだ。次期学園長には、お前がなるんだ』

『……俺は別に』

権力に興味のない兄の隼斗。学園長の椅子にも、興味はない。

『いつまでも生ぬるいな。なんのために、お前を桐嶺学園の教師にしたと思っているんだ』

『頼んではいません。俺は別に、数学教師ができるなら、どこの学校でも――』

『よそで働けると思っているのか?』

父の言葉に兄が押し黙る。

父は、数学教師としての兄の能力の話をしているわけではない。能力が低いからうちでしか働けないんだと、そう言っているわけではない。

『とにかく。学園の土地こそ理事長の古幡家の持ち物だが、それだけのことだ。雨月の父、前理事長亡きあと雨月が理事長を引き継いだが、肩書きだけだ。あんな子どもに学園運営のなにがわかる。なにもできやしない。教職員の誰ひとりとして、雨月の命令で動く者はいないのだからな。どのみち、あんな出来損ないの心臓では長くは生きられないだろうが、万が一ということもある。鉄は熱いうちに打てと言うだろう? 今のうちに、自分にはなんの力もないと、雨月にはしっかり理解してもらわなければな』

学園の運営から雨月を徹底的に除外する。

そんな今更なこと、なにを改まって兄に命令していたのだろう？

父は学園の最高権力者の座に固執している。雨月の父が亡くなったとき、これで運営に口出ししてくる邪魔者はひとりもいなくなったと喜んでいた。

理事長の肩書きこそ受け継いだが、雨月は常に蚊帳《かや》の外だ。

まだ高校生、普通の大人の話にすら入れない。品子だってそうだ、父親は品子の話にまともに向き合ってくれたことなど一度もない。雨月が社会人、いや、せめて大学生だったなら、周囲の扱いも少しは違っていたのかもしれないけれど。

そのくせ、母には、品子が雨月と特別な仲になるのを願っている節がある。お稲荷さんのお祭りに今年も兄と雨月と三人で行くと知ると、とびきり素敵な浴衣を用意してくれた。政略結婚なんて絶対にイヤ！　と思っていた品子だが、先月、学園で起きた事件がきっかけで、雨月を見る目が変わっていたのだ。

もともと嫌いだったわけじゃない。どちらかといえば、好きだ。ただ、親の思惑通りになるのがイヤだった。

そのもぞもぞしたわだかまりを、雨月のおかげで越えられたのに。

「もう、ぐちゃぐちゃよ」

すっかり振り出しに戻ってしまった。

不意に、お稲荷さんのお祭りでバッタリ会った、同じクラスの小柳真己を思い出した。

真己は、真己のお姉さん、お姉さんの彼氏さんだそうだ）と、その弟さん、の四人でお祭りにきていた。

品子はすぐに気がついた。暗い夜の境内、屋台や点々と吊られた提灯《ちょうちん》の明かりくらいしかなかったけれど、弟と紹介された彼が〝あのときの人〟だと、すぐにわかった。

名前も連絡先も教えてもらえなかったけれど、あのときの、品子の命の恩人だと。

どんな魔法を使ったのか。

朝、登校の途中、全力で自転車をこいでいるさなかに突如として意識を失い、スピードが出たまま地面に横転直撃したはずの品子を自転車ごと、なにもなかったように助けてくれた。

意識が戻った品子は、擦《かす》り傷ひとつ負っていなかった。自転車もだ。

品子が落ち着くまで付き添ってくれた、爽《さわ》やかで、太陽のように眩《まぶ》しい男子。品子は一瞬で心を鷲掴《わしづか》みにされて、また会いたい、と強く思った。

こんな所で会えるなんて！　あのときはありがとうございました！　と、お礼を言おうとした品子の目に飛び込んできたのが真己の、彼を熱く見詰める眼差しだった。

［一目惚《ぼ》れなの！　タケルさんっていうの　カッコいいよね！］

こっそり真己から届いたメッセージ。

品子が自転車の横転（未遂？）事故を起こした朝の、ほぼ同時刻に、バスの下敷きになって救急車で運ばれた真己。

奇跡的にケガはたいしたことはなかったが、事故の精神的な後遺症で辛《つら》い思いをしていた真

己の晴れやかな笑顔に、品子は咄嗟に口を噤《つぐ》んだ。

この場で余計な話をして、真己の気持ちを曇らせたくなかった。

ああ。私も真己ちゃんのように、無邪気に、まっすぐ、誰かを好きになってみたい。

雨月のことは好きだけど――。

あの人、タケルさんのことが気になるけれど――。

恋ひとつ、気持ちのままにできないなんて。

「なんで、あんな家に、生まれちゃったんだろう……」

気持ちが沈む。

『これを機に、雨月をただのお飾りにするんだよ』

父の台詞《せりふ》。

――これを機に？

「これって、なんだろう……？」

生徒を巻き込んだ怪しげな事件は先月無事に解決したのに、またしても、なにか、よくないことが起きているのだろうか？

「葉山さん、お待たせして済みません」

ノックのあと、バインダーを手にした事務員の菱川が応接室に入ってきた。伊豆土産の礼を託生に伝えてから、菱川は早速、本題に入る。

「この学生なんですが」

バインダーに挟まれた一枚の書類。「クラリネット専攻なので、さすがにご存じないかもしれませんが、深瀬《ふかせ》蓮《れん》という、この春の卒業生に問題が起きまして」

「深瀬蓮？　クラリネットですか」

バイオリン専攻の学生ならば、井上教授の門下生でなくてもほぼ全員、顔と、どんな演奏をするのかをざっくり把握している。

だが、さすがにクラリネット専攻となると、難しい。

運営に携わっている、校内にふたつあるＡ・Ｂどちらかのオーケストラに所属していれば、レギュラーメンバーでなかったとしても面識くらいはあったかもしれないが、所属していないとなると、四年間、同じキャンパスにいたとしても接点は皆無なのだ。

残念ながら託生には、その名前に見覚えも聞き覚えもなかった。

「それで、問題といいますと？」

「順を追ってお話ししますと、この就職難の時代に、深瀬くんは私立の高校の音楽教員に採用されまして」

「凄いじゃないですか！」

託生は思わず唸《うな》った。「新卒で高校に就職できるとは！　よっぽど優秀な学生さんだったん

ですね」

それでなくても狭き門の教員採用。主要五教科ならばともかく、採用の絶対値が圧倒的に少ない音楽の教諭。一方、教員を目指して教職課程を履修し資格を取得する国内の音大生は毎年数百人単位で誕生しているのだ。教員採用の音楽の枠に募集がかかったならば、一人の採用枠にいったい何十人の応募があるのか。いや、楽勝で三桁かもしれない。

「そうなんですよ。クラリネットの奏者としては、特別に抜きん出ていたということはなかったんですが、深瀬くんは、葉山さんと同じく教職課程を履修してまして、そちらの成績は素晴らしいものでした。しかも優秀なだけでなく、探究心っていうんですか？　研究熱心といいますか、就職したならば吹奏楽部の顧問をしたいということで、クラリネット以外の楽器や指揮法、編曲も猛勉強していたんですよ。それから、時間を作ってはいろんな学校にボランティアで吹奏楽の指導に行ったりしていて」

「そうなんですか」

菱川の説明を聞きながら、託生の脳裏には、トロンボーン専攻の友人、野沢政貴《のざわまさたか》の姿が浮かんでいた。――すごく、似ている。

「新卒ですけど、即戦力の部分を評価されたのではないかと」

「なるほど。在学中の努力が正当に評価されたんですね」

託生は、自分のことではないのになんだか誇らしい気持ちになる。「あれ？　その深瀬くんに、どんな問題が起きたんですか？」

四月に就職して今は八月、まだ半年も経っていない。なにより、問題が起きそうな要素が、ひとつも見当たらない。

「詳しいことはよくわからないんですが、先日、就職先の高校からこちらへクレームが入ったんです。曰《いわ》く、桜ノ宮坂では学生にどんな教育・指導をしているのかと」

「深瀬くんが、なにかマズいことをしたんですか？」

「無断欠勤が続いているそうです」

「――無断欠勤？」

「そのせいで部活動に支障が出ている。二学期からの授業にも支障が出るだろう。桜ノ宮坂はどう責任を取ってくれるのか、と」

「責任？」

託生は驚く。「採用した教員の無断欠勤が母校《大学》のせいなんですか？　その理屈って、通るんですか？」

「通るも通らないも、責任を取れの一点張りで」

「え……」

託生は絶句する。なんという無茶な。「……圧が、とんでもないですね」

「これが生徒の不登校であれば、解決すべく学校も動くのでしょうが、教員となるとそこは期待できません。むしろ、職務怠慢で懲戒処分の対象かもしれません」

「や、でも、その高校になにも問題がなくて深瀬くんが無断欠勤をしているとは、ちょっと、

想像しにくいんですが」

「ええ、私もそう思います」

軽く頷いた菱川は、「ですが、それはそれとして、葉山さんにご相談なんですが」

「――はい」

「高校では深瀬くんは免職処分にして、再度、音楽教員の募集をかけるそうです」

「えっ⁉　いきなり免職処分なんですか⁉」

「再発防止のために今度は選考に慎重を期したいとのことで、一カ月ほどかかる。ついては、新しい教員を採用するまで、代用の教師をひとり高校へよこすようにと。夏休み残り二週間ほどの吹奏楽部の指導と、九月の音楽の授業と部活顧問を、やってもらいたいそうです」

「……え？　あの、菱川さん、もしかして？」

「むしろ本採用の教員として本学の卒業生を候補に出せということであれば、そこそこあてはあるのですが、たった一カ月半ほどの、にもかかわらずかなり責任重大なこの案件を、お願いできるのは葉山さんだけと、さきほど事務局で判断しました」

「え。えええええ⁉」

「引き受けていただけませんか？」

「いや、でも、ぼくにも井上教授室での仕事が……」

「井上教授には、今、事務員が確認の連絡を入れています」

「や、そういうことではなく――」

「幸い九月一杯まで大学は夏休みですし、深瀬くんは新卒なので初年度は担任を、クラスを持たせていないそうですし、登校は毎日でなくても大丈夫そうです。井上教授室の運営に関しては、事務局で可能な限り便宜を図らせていただきますし、大学としては、採用が決まり次第、もしくはどんなに選考が難航しても必ず九月一杯で引き上げさせてもらうことを、きっちりとあちらに約束していただきますので」

「いや、いや、ですが、菱川さん、さすがに、無理です」

「こんな無茶なこと、葉山さんにしか頼めません」

菱川はすっとソファから立ち上がると、「どうか、引き受けてください。お願いします」

託生へ深く頭を下げた。

教室の自分の机にスクールバッグを放るように置いて、

「おはよー、品ちゃん」

真己が一目散に品子の机までやってきた。

話したいことがたくさんあってたまらない、とばかりに、まだ登校していない品子の前の席の椅子に座ると、くるりと後ろに振り返り、

「会いたかったー。今日も抜群に可愛いね！」

前のめりに続ける。

「お、おはよう、真己ちゃん。元気そうだね」

ＰＴＳＤだっけか？　事故のこと、すっかり乗り越えられたのかな。

真己の真新しい夏服。品子たちは一年生なので、お下がり勢以外は新品の制服を着ているのだが、真己のは夏休み前に滑り込みでできてきたマジ新品である。

交通事故で制服のほうぼうが激しく傷んでしまったので（かえすがえすも、よくぞ軽い擦り傷だけで済んだものだ）、新しく作り直したのだった。

ぴかぴかの制服と、ぴかぴかの真己の笑顔。

「うん、元気。ねえねえ品ちゃん、あれから〝桐嶺の君〟とどこまで進んだの？」

好奇心もりもりに瞳《ひとみ》を輝かせる真己に、

「え、どこ？」

品子は咄嗟に周囲に視線を巡らせて、誰もこちらに関心を向けていないのを確認すると、ひときわ声を潜め、「どこまでもなにも、だから、誤解だってば」と、何度目かの訂正をした。

お稲荷さんのお祭りの夜、ばったり会った、品子たち三人と、真己たち四人。

雨月について、息を呑《の》むような美少年、と真己の姉が驚いていたそうだ。すっぴんなのに、この場の誰よりも綺麗《きれい》だと。

ちょっとズルい、とも。

なにがどうズルいのかは措《お》いておいて、品子としても、気持ちはわかる。雨月と歩いているとすれ違う人が皆、彼を振り返る。ハッと目を奪われる。

月の光のような、静かで、色白の、向こうが透けそうな透明感のある雨月。生徒たちから高《たか》嶺《ね》の花と憧れられている桐嶺の君。

雨月が桐嶺学園に入学するよりずっと前、地元の小学校に通っていた頃に、中学で古典に触れた先輩女子たち（小学校で雨月の先輩だった女子たち）が、桐嶺の御曹司である雨月のことを仲間内でひっそりと、そう、呼び始めたのだそうだ。

風情や奥ゆかしさがぴたりとはまって、以降、誰彼となく広まった。

生まれながらに心臓が弱く、幼い頃から入院したり寝込んだりすることが多かったけれど、運動こそ（医師から厳しく止められているので）できないが、努力家で、成績は常にトップクラス。優しくて、人望があり、なによりとても責任感が強い。

そして、とても我慢強い。

雨月を嫌う人はよっぽどの捻《ひね》くれ者だと、品子は思う。

ああ、あの人と、――タケルさんと、真逆だな。機敏で快活、筋肉質で運動神経のカタマリのような、小麦色の肌をした加々見タケルと。

笑うと太陽みたいに眩しかった。

「えー、そうかなあ？　誤解かなあ？」

「雨月さんとはそういうんじゃないの。お兄ちゃんと私と雨月さん、生まれたときからの幼な

じみなんだから」

桐嶺学園の理事長一家と、学園長一家。長い付き合いの両家である。

「だって、お祭りのときの千賀先生たら、ふたりのオマケみたいだったじゃない。妹のデートの付き添い、みたいな？　妹が心配のあまり付いてきちゃいました、みたいな？」

「そんなことないよ。お稲荷さんのお祭りには、毎年、必ず、三人で行ってるの。今年もそうだったの。幼なじみの恒例行事なの」

品子は敢《あ》えて、恒例行事の部分に力を入れて説明したが、

「それにしては品ちゃん、気合入ってたじゃない。地元のちいさなお祭りなのに、浴衣なんて着ちゃって。すんごく可愛かった。髪形もすっっっごく可愛かった！」

「そ、それは……」

母が用意してくれた、おろしたての浴衣。雨月とお祭りに行けるのが嬉しくて、母親に髪も結ってもらった。いつも優しい雨月だが、あの夜は格別に優しく感じられて、お祭りが終わらなければいいのにとさえ思った。

けれど――。

お祭りの途中でひょっこりと真己たちと会い、そこに、タケルがいた。偶然の再会に、品子の気持ちがざわついた。

もしタケルに再会しなかったならば、真己の読みはあながち外れていなかった。品子の気持ちは雨月に傾いていたからだ。

けれど、鮮やかに自分を救ってくれたタケルに、あの出来事を思い出した途端に、一瞬にして心が塗り変えられた。——品子だけではない。雨月も、隼斗も、タケルを見て、その存在感に気圧されていた。寡黙なのに、まるでタケルがあの場を支配しているようだった。

かてて加えて、父のこと。

まるで、雨月が死ぬのを待っているような。その前に品子と結婚させて、——理事長の座も狙っているのかもしれない。

タケルのことを抜きにしても、雨月を好きになるのは怖い。

どこにしあわせを見つけていいのか、わからない。

「ま、真己ちゃんこそ、あ、お姉さんと彼氏さんは、うまくいってるの？」

「加々見さん？」

訊き返しながら、その名字を口にした真己がやけに嬉しそうに笑う。「うん、うまくいってるんじゃない？　会社帰りにコンビニデートしてるって言ってたし」

「会社帰りにコンビニデート？　っていうか、コンビニデートって、なに？」

「加々見さん、タケルくんとふたり暮らしで家事もしてるから、なるべく定時で上がって、アパートに帰ることにしてるんだって。だからお姉ちゃんと加々見さん、会社から会社の駐車場まで、わざわざ近くのコンビニを経由するんだって、ぐるっと」

タケルくん。

真己の呼び方が、タケルさんからタケルくんに変化している。

「ふうん。地味だけど、なんかいいなあ、そういうデート」

「だよね？　夕方でも暑いから、コンビニで買ったパピコ半分こして、駐車場まで食べ歩きしたりしてるんだって」

半分こ、かー。いいなあ、そういうの。

放課後に好きな人と下校する。コンビニにも寄りたい。自販機で飲み物を買うのもいい。たとえ短い距離だとしても、一緒に歩きたい。

桐嶺ケ丘のてっぺんに桐嶺学園が建っており、古幡家は背の高いフェンスを隔てて、学園に隣接していた。なので、もし品子が雨月と付き合っていたとしても、残念ながら一緒に登下校はできない。

「真己ちゃんこそ、あれから、タケルさん、と、なにか進展あった？」

進展してないといいな、と、そんな思いが一瞬よぎって、品子は慌てて否定する。

「それがね品ちゃん、タケルくん、うちの学校に入学？　転校？　編入？　するんだって！」

「――え？　桐嶺に？　ホントに、ここに？」

「タケルくん、ずっと引きこもりだったって話、したでしょ？」

「うん。ぜんぜん引きこもりに見えないけど」

引きこもりが事実だとしたら、品子を救ってくれたのはめちゃくちゃそっくりな別人かもしれない。あんなに魅力的な人がこの世にもうひとりいるとは、とても思えないけれど。

引きこもりどころか、一日中外で活動しているような、太陽の下が似合う人。

「だよね？　ぜんぜん見えないよね。私もそう思った」

真己は笑い、「前に、お姉ちゃんが加々見さんに、桐嶺を薦めたんだって。うち、単位制あるし、通いやすいんじゃないかなって」

「単位制を？」

桐嶺学園は、前古幡理事長の時代に独自の単位制を導入しており、一般的な全日制のように毎日登校して授業を受けずとも、決められた単位が修得できれば登校は必要最低限で、基本は在宅でも、高校卒業の資格が取れるのだった。

「学校には行きたくないって拒否ってたタケルくんに、せめて高校だけでもって。お祭りのとき、その話になって」

「じゃあタケルさん、オーケーしたんだ？」

「そうなの！　いいぜ、って。行くよ、桐嶺。って」

真己は嬉しそうにふふふと肩を竦《すく》め、「だからタケルくん、来年の新入生かも。そしたら、私たちの後輩だね」

「後輩なの？　でもタケルさん、さすがに中学生には見えなかったけど」

「あ、年、聞かなかった。いくつなのかな？　私たちよりひとつかふたつ、上っぽい？」

「うん、それか、もし、いってたとして、大学生？」

「背が高くてがっしりしてるから、タケルくん、遠目だと大学生に見えなくもないけど、近くで見るとやっぱ同い年くらいかなって。全日制じゃなく単位の方かもしれないけど、おんなじ

学校に通えるの、嬉しい」

「真己ちゃんって、ワイルドなタイプが好きだったんだね」

一目惚れなの！

清々《すがすが》しいメール。

「ううん。ホントはどっちかって言うと古幡先輩みたいな、メイク映えしそうな、しゅっとした美人タイプのイケメンが好き。アイドルみたいにポスターにして、部屋に飾りたい」

「えっ、そうなの？　知らなかった」

「それを言うなら品ちゃんだって。品ちゃんこそ、ホントは、タケルくんみたいな人がタイプでしょ？」

品子はぎょっと真己を見る。

「ど、どうして？　そんな話、私、した？」

隠していたこと、ばれてたの？

「だって、ほら、初恋の人？　キャンプ場の？　ああいう感じの人だったのかな？　って」

「――あ」

品子はそこで合点した。「すごい、よく覚えてたね真己ちゃん」

入学したての頃に、居合わせたクラスの女子数人でお弁当を食べていたとき、手探りの会話が続く中、親睦《しんぼく》を図るのならばと鉄板ネタの恋バナになった。現在進行形の話はハードルが高いので、先《ま》ずは初恋談義から、と。

こまかいことはもう覚えていないけれど、ちいさい頃に家族で行ったキャンプ場で、兄や、よその子どもたちと遊んでいたとき、品子は迷子になってしまった。気づくと薄暗い林の中にいて、まわりには誰もいなかった。だんだんと日が暮れて、みるみるうちに暗くなり、心細くてしくしく泣いていたときに、どこからかぬっと現れた懐中電灯を手にした男の人が、

「品子ちゃん？」

と、穏やかに訊いた。

ものすごく優しい安堵《あんど》した声で。

だから品子も安心して、こくりと頷いたのだ。

その人に背負ってもらって、品子は無事にキャンプ場まで戻った。

足元が不安定な林の中をひょいひょいとゆく、筋肉質の広くてあったかい背中。——現在の隼斗くらいの年齢か、それよりも若い青年で。いなくなった品子を付近の大人たちが総出で捜してくれたというから、地元の青年団の人か、キャンプ場でアルバイトしていた大学生だったかもしれない。

　戻ってきた品子を父がものすごい剣幕で怒鳴って、まわりの人たちが懸命になだめてくれたのも覚えている。心配かけてごめんなさいと謝ったような気もするけれど、もしかしたら、父が怒っていたのは別の理由だったかもしれない。迷子になるなど言語道断、父親である自分に恥をかかせるなと。外聞がなにより大事な人だから。

　あのときには見えなかったものが、わからなかったことが、大きくなって振り返ると、点と

点がつながって一本の線になるように、理解できてしまう。

良いことも、そうでないことも。

助けてくれた青年は、ずっとにこにこと、励ますように品子に笑いかけてくれていた。おかげで、両親の怒りをもろに浴びても、どうにか泣き出さずに済んだ。

初恋というには幼なすぎて、顔も朧げで、どこの誰かもわからぬままで、でも背負われた背中はあったかくて、シャツからはお日様の良い匂いがして、ずいぶん後になって、強いて言えば、あれが自分の初恋だったのかもしれない、と、ぼんやり思った。

ああ、それでか。

それで、タケルさんに強く惹《ひ》かれたんだ、私。

原体験にきれいに重なったから。だから今度こそ、自分を助けてくれた人がどこの誰なのか知りたかったのだ。無意識に、あのときのタケルに林の中で助けてくれた人を、重ねていたのかもしれない。

——なあんだ。

ちょっとした答え合わせができてしまった。

「でっしょー?」

真己は得意げにふふふと笑ってから、「だから、タイプはズバリ古幡先輩なんだけど、でもリアルに想像するとちょっとキツいって言うか。綺麗過ぎてなんだか近寄り難いし、遠くから観てるだけなら眼福だけど、一緒にいると比べられそうでイヤかなあって。彼氏の方が美人っ

て、キビシクない？」

「……うん」

「その点、品ちゃんならバッチリだよ。見劣りしないし、お似合いだし」

「そうかなあ……」

お似合いと言われても、状況が複雑で、正直、素直に喜べない。

「ああ、楽しみ。タケルくんと学年が違っても部活で一緒になれたらいいな」

「え？　女子バスケ部にタケルさんが入るの？　マネージャーとか？」

「ううん。だから男バス。そしたら体育館でコート隣だし。一緒に部活している気分になれるじゃない？　で、部活が終わったら部室の外で待ち合わせて、一緒に帰るの」

「真己ちゃん、妄想力、逞《たくま》しいね」

「妄想を現実にしたい！　だから品ちゃん、応援してね！　私も古幡先輩と品ちゃんのこと、応援するから」

「しなくていいってば。もう、いい加減にしないと、応援してあげないからね」

品子はぷんと、ちいさくむくれた。

夏休みの登校日には、どこの教室にもちらりほらりと空席がある。

ここ、二年A組もだ。学園長による放送での全校朝礼の前に、担任の先生によるホームルームがあるのだが、始業時間が近づいているのに空席が埋まりそうな気配はない。全校朝礼以外に特にトピックスのない登校日は、まったりしたものだ。

家族旅行の話や運動部のインターハイ予選の話など、夏休みのこれまでの出来事を賑やかに報告し合うクラスメートたち。休みはまだ数週間残っているので、友人たちのエピソードで刺激を受けて、ここで仕切り直しをする者もいる。

諸事情によりどの部活動にも所属していない古幡雨月の夏休みは、通院以外にこれといった外出もなく、自宅での、変化の少ない、規則正しい日々だった。それをつまらないと感じたならば、自分の人生は、辛いものになってしまう。

生き生きと報告し合うクラスメートたちを羨《うらや》ましいと感じたら、明日からの生活が、辛いものになってしまう。

夏休み前の化け猫騒動のおかげで、――校務員が夜間の巡回中に化け猫を見たと、その噂でもちきりになったとき、雨月が居合わせていたと知ったクラスメートたちにワッと取り囲まれその話題でわいわいと盛り上がり、ようやくクラスの皆との距離が縮まったような気がしたのだが、夏休みを挟み、すっかりリセットされてしまった。

クラスメートだけれど、桐嶺学園の理事長。

どう接するのが正解なのか、未だに皆は摑みかねている。

もし雨月が、相手にどう思われようとも関係なく、自分の距離感で突き進める性格をしていたのなら。――学園長の娘である品子は、繊細ながらも雨月よりうまくやっていた。クラスに仲の良い友人もいて、部活ではちゃんと先輩からしごかれている。

ホームルームが始まるまで、雨月は持参した文庫本に目を落とす。雨月に話しかけるクラスメートはいないし、雨月からきさくに話しかけられるクラスメートもいなかったから。

すると、

「ねえねえ、そういえば、吹奏楽部の噂、聞いた？」

「吹部の、なに？」

近くの会話がぽんと耳に飛び込んできた。

「顧問の先生、行方不明なんだって」

「行方不明？　じゃあ事件じゃん。なんでニュースにならないの？」

「警察が隠してるからじゃない？　ほら、誘拐のときの、えーと、報道協定？」

「なんか眉唾《まゆつば》っぽいけど、吹部の顧問って確か、新卒の音楽の先生だよね？」

「そうそう、音大出たての新米の先生だけど、授業も、吹奏楽の指導もものすごく上手で、他の音楽の先生がやっかんでたんだって」

「やっかむ？　嫉妬《しっと》されてたってこと？」

「イジメのせいで学校に来るのがイヤになって、それで行方不明になったんじゃないかって」

「えええ、そんな噂があるの？」

「吹部、コンクールでせっかく地区大会を突破して県大会に進めたのに、指導者なしで大変だったんだって。突破の勢いに乗って、支部大会進出も狙えそうだったのに、そのせいで県大会止まりだったんじゃないかって」

「県大会でも御の字でしょ。うちの吹部ってそんなに上手じゃないじゃない」

「だからよ。それで過大に期待が膨らんじゃってたのよ」

「部活はともかく、今はまだ夏休みだからいいけど、二学期からの音楽の授業はどうなっちゃうの？　先生がいないって、大変じゃない」

「だよねー。まあ、でも、私たちには関係ないけどね」

「それはそうだけど、自分で振っておいて、まぁた無責任な締め方して」

　呆《あき》れる友人に、へへへと笑う。特別進学コースでもあるA組は、学年で唯一、クラス全員が選択科目の音楽を履修していないので音楽の先生に関して詳しくないし（先生が何人いるかも把握していない）ぶっちゃけ、授業があろうとなかろうと支障はない。

　他の音楽教師からのイジメが原因で行方不明？　というのはさておき、新卒の音楽教師の無断欠勤が続いているのは事実だ。

　今朝、いつものように古幡家のダイニングで、亡き父の弟、叔父《おじ》の古幡良造《りょうぞう》とふたりで朝食を摂《と》っている最中に、玄関の呼び鈴が鳴らされた。

『朝早くに申し訳ありません』

　玄関先、恐縮して頭を深く下げた千賀隼斗の傍らで、かまわず喋《しゃべ》り始めた隼斗の父、千賀善《よし》

之《ゆき》学園長は、

『——という顚末《てんまつ》だ。忘れてはおるまいが最終的な採用の判を押したのは古幡雨月理事長だ。責任は取ってもらいますよ』

厳しい表情で雨月に告げた。

大人から一方的に言われっぱなしの、まともな武器ひとつ持たない、無防備な子ども。

学園長の言い分は、理屈としては、正しい。ゴールポストをずらされている理不尽さをうっすらと感じているのに、反論したくとも雨月には公平な判断材料すらなく、議論の構築方法もよくわからない。

咄嗟に、雨月よりは事情を知っているであろう幼なじみの隼斗に、目線でとりなしを求めようとしたのだが、彼はやや俯《うつむ》きがちに、雨月から顔を逸《そ》らしたままだった。

そうか、庇《かば》ってくれないんだ、隼斗さん。

……そうか。

『わかりました。ですが、責任を取るとは、具体的にどのような——？』

そう尋ねようと口を開きかけたとき、雨月のやや後方で黙って話を聞いていた良造が、すっと雨月の前へ進み出て、

『千賀学園長。採用の選考に関われず、判を押さないという選択肢も雨月にはなかったのに、責任を取らせるのか？　まるで、戦時中のどこぞの国の政府のようなやり口だな』

静かに、皮肉を込めて問いかけた。

『おやおや、とんだ言いかがりを』

学園長は鼻で笑い、『新しい教員の募集は既にかけてある。次が決まるまでの臨時の教師も手配済みだ。よろしいですかな、古幡理事長。――行くぞ、隼斗』

有無を言わさぬ事後報告を残して、立ち去った。

『……朝から気分の悪い』

ぼそりと零《こぼ》した良造に、

『叔父さん、ありがとう』

礼を言いながら見上げると、良造は、彼らの後ろ姿を睨《にら》むように見送っていた。

わかりやすく侮られ、蚊帳の外にも慣れっこだが、本気で憤慨している良造に、雨月は驚いた。叔父こそ、いつもは柳に風と受け流すのに。

『……まあ、しばらくの辛抱だ。いつまでも雨月を子ども扱いできるわけではないからな』

千賀親子からじっと目を離さずに、良造が雨月を慰める。雨月には、叔父が、悔しさを押し殺して自らに言い聞かせているように聞こえた。

教室のクラスメートたち。無邪気な生命力に溢れ、輝くばかりの彼ら。

しばらくの辛抱と良造は励ましてくれたが、千賀学園長を見返すようになるまで、果たして自分は生きられるのだろうか。

短命なのは、遺伝かもしれない。

物心ついたときには母は亡く、やがて父を亡くし、古幡家の広い屋敷に、雨月は独身の叔父

の良造とふたり暮らしをすることになった。

いくら父の遺言とはいえ、未成年の自分ではなく良造叔父が理事長を継げば良かったのに。そうしたら、他者からこんな仕打ちを受けずに済んだのではあるまいか。

これまでに幾度となく雨月は訴えたが、そのたびに、

『馬鹿なことを言うものじゃない』

良造は淡々と雨月をたしなめた。

だが考えてしまう。いっそ自分が死んだなら、公明正大に叔父が理事長を継ぎ、千賀学園長とのバランスも取れるようになるのでは、と。

雨月は、そうっと、胸の真ん中あたりに手を当てた。

頼りない、雨月の心臓。

発作が起きたときのために、常に薬をポケットに入れている。けれど薬があるから大丈夫ということではない。飲むタイミングが遅れたら、充分な効果が得られないかもしれない。そもそも薬が飲めないほどの発作を起こしてしまったならば、雨月の人生はそこで終わる。

もう駄目だ、と諦めかけたことが、そういえば最近、あったっけ。薬を飲んだ記憶すらない、突然の発作。

化け猫を見たと校務員のおじさんが腰を抜かしたあの夜、見間違いだと本気にせず、おじさんの代わりに夜の校舎の見回りに向かった雨月だが、意識を取り戻したときには、硬く冷たい

廊下に横たわっていた。

全身が鉛のように重かった。

意識を失うほどの激しい発作だったのに、記憶がなかった。なにがきっかけで発作を起こしたのか、まったく覚えていなかった。

横たわってはいたけれど、体のどこも廊下に打ち付けてはいなかった。倒れていたならば、廊下ではなく階段で意識を失い転がり落ちていたならば、もし、頭からもろにても別の深刻な障害が残ったかもしれない。

廊下には封の切られたふたつの銀色の薬の包みが落ちていた。そして、飲み損じたのであろうトローチ状の薬が一粒転がっていて、――ぞっとした。

よくぞ、ふたつ目を、開けられた。

それすら記憶になくて、幸いが重なり、かろうじて繋がれた命。

体の震えと、口の中に残っていた薬ではない、苦い味。

やけに野性味のある、まるで――。

雨月は不意に、お稲荷さんのお祭りで品子のクラスメートの真己たちと一緒にいた、運動神経の良さそうなすっきりとした色黒の少年を思い出した。

紹介され、ちらりとこちらへ会釈しただけの寡黙な少年。

無愛想で一言も喋らず、皆の後ろに下がり手持ち無沙汰に辺りを見まわしていた。

挨拶《あいさつ》どころか目が合うことすらなかったのに、彼を見た途端にどうしてか、雨月は胸の奥と

目頭が熱くなり、頬に一筋の涙が伝った。

我ながら不可解で。

雨月は誰にも見られないよう、素早く指の腹で涙を拭《ぬぐ》った。

……あ。

前にもあった。理由もなく涙が頬を伝って、狼狽《ろうばい》したことが。

教室の、この席で、唐突に涙が溢れて、クラスの誰にも見られないよう雨月は俯き、指の腹で素早く頬の涙を拭った。

どうして涙が零れたのか。

わけがわからなかったけれど、あのとき、誰かの強い視線を感じたのだ。そうしたら、胸の奥がやけにあたたかくなって、そして、少し苦しくなった。――心臓の持病が原因で、ということではなく。

視線を感じた先は、窓の外、誰もいないはずの隣の校舎の屋上。

当時は、すべての屋上が立ち入り禁止になっていた。ふざけて屋上のフェンスを越えようとした生徒の転落事故の影響で、それまで開放されていた屋上に、急遽《きゅうきょ》、ドアの施錠措置が取られたのだ。

だから屋上には誰もいなかったはずで。なのに、なぜか、視線を感じた。雨月をすっぽりと包み込んでくれるような、あたたかな眼差しを。

気のせいなのに、あのあたたかさを思い出すと、今も少しだけ胸が苦しくなる。……心が惹

かれて、苦しくなる。

こんな話、誰にもできない。

もし母が生きていたら、父が生きていたなら、自分に兄弟がいたならば、気の置けない友人がいたとしたら、――なにもかもを抱え込まなくて良かったのだろうか。

なにも持たない自分、心臓すら危なっかしくて、でも、自分の人生が辛いとは、思いたくなかった。――叔父の良造を悲しませたくない。ひとり残された雨月を育てるために、叔父こそが人生を犠牲にしている。雨月のために規則正しい生活を、食事のメニューも、清潔を心掛けることも、なにより心臓に負担がかからぬよう、叔父はいつも雨月に穏やかに接してくれた。

そんな叔父に、余計な心配をかけたくない。

と、ホームルームの始まりを知らせるチャイムが鳴った。

それまで教室のあちらこちらで好き勝手にしていた生徒たちが、ガタガタと椅子や机を鳴らして各々の席に着くと、しばらくして教室前方のドアからクラス担任が入ってきた。そして、もうひとり。

雨月はぽかんと〝彼〟を見た。

夜の暗闇と、明るい朝の日差し。ラフな私服ではなく、きちんとした制服姿。ばさばさの髪と、きちんと整えられた髪。まるで別人のようだったのに、彼だとわかった。

正確には、巨星にとらわれた彗星《すいせい》のように、見えない強い力で気持ちがぐいと引きつけられて、そんな不可解な自分から逆算して、あれは彼だと気がついた。

名前も知らない無愛想な少年。あの夜かぎりで、二度と会うことはないのだろうと、会えないと、思っていたのに。

驚きに、体が震えた。

これはどういう偶然《奇跡》だろうか……？

「……ぅわ、カッコいー」

女子の呟《つぶや》き。

「このタイミングで転校生？」

「なんでA組に？」

男子の疑問。

「はい、ザワザワしない。転校生ではなく編入生を紹介する」

訂正を入れつつ黒板に『加々見タケル』と大きく書いた担任は、「A組に編入してきたということは、どういうことかわかるよな」

と訊いた。

クラスが一斉にシンとする。

転校生と編入生の違いはよくわからないが、

「少なくともこのクラスの半数は、もれなく一番ずつテストの順位が下がるぞ」

にやりと笑う担任に、皆、そのあたりは察していた。察していたものの、

「……げ。半数って、マジか」

誰かの呟き。

転校生や編入生は珍しくはない。ただし、どの学年でもA組に、は、なかった。

「……アイツ、試験で何点取ったんだ？」

ひそひそと交わされる会話。

転校生も編入生も同じ試験を受ける。そして桐嶺の編入試験は難しい。在校生でも高得点は出せないレベルの問題を、敢えて出題している。加えてA組に編入となれば、全科目ほぼ満点に近い点数でないと通らない。

雨月は驚異の眼差しでタケルを見詰めた。

「加々見、自己紹介」

担任が促すと、タケルは物怖《ものお》じしない堂々とした様子で、

「加々見タケルです。編入テストの成績が良かったことは事実ですが、たまたまヤマが当たっただけです。常にホームランを打てる実力は備わっていないので、ボロが出たときは、そうそうヤマは当たらないぞと笑ってください」

はきはきと挨拶した。

あっけらかんとしたタケルに毒気を抜かれたように皆が笑い、と同時に、強まっていた警戒がみるみる解けてゆく。

場が和んだところで、

「加々見、今日は空いてる席に適当に座ってくれ」

担任は指示を出し、「夏休み明けに席替えをするからな、机に荷物を入れっぱの奴、今日は持って帰れよ」

と、皆へ指導した。

タケルはちらりほらりとある空席のうち、雨月から最も遠い席に腰を下ろす。両隣の女子たちが明らかに嬉しそうにタケルの方へ体を向け、なにやら早速、小声で話しかけていた。

雨月は無意識に、胸のあたりに手を当てる。

心臓が、やけに忙《せわ》しない。

顔は前を向いているが、意識はタケルに吸い寄せられていた。軽い会釈だけとはいえ挨拶を交わしているのに、タケルは雨月に無反応だった。覚えていないのかもしれない。そもそも夜の縁日で、屋台の明かりがあったとはいえ、雨月の顔など見えていなかったのかもしれない。

だが、雨月は、鮮やかなほどタケルを覚えているのだ。――話しかけるべきだろうか。タケルが雨月を覚えていないとしても……？

ぐるぐると迷い、担任の話がまったく耳に入ってこない。

「古幡！」

強めに呼ばれて、雨月はハッとする。

「あ、はい！」

「珍しいな、ぼんやりして」

「すみません」

何回か雨月の名前が呼ばれていたらしい。

「謝らなくていい。大丈夫か？　夏バテか？」

心配されて、

「いえ！　――いいえ、大丈夫です」

雨月は払い除《の》けるように答えた。

心配されるのは苦手だ。心臓の持病のせいで、居合わせた大人から心配されてばかりいた。そのときは周囲の子どもたちが置き去りにされる。

病気だから雨月くんばかり心配されるのは仕方ない。

でも、なんか、やだ。

「そうか」

と、引き取って、「なら古幡、体調に問題がないようなら、全校朝礼の後でついでに加々見に校内を案内してやってくれ」

担任が続ける。

「え？　僕が、ですか？」

反射的に雨月がタケルを見ると、タケルは前を、担任の方を向いていた。

「このクラスで桐嶺学園に一番詳しいのは古幡だからな」

担任がにっかりと笑う。

クラスで一番、雨月が桐嶺学園に詳しい。それは誰もが認めるところだが。

タケルはちらりともこちらを見ない。——雨月の案内に、気乗りがしないのかもしれない。

「せんせいっ！　案内なら、私たち、しまーす！」

タケルの両隣の女子たちが手を挙げた。

「お前ら部活あるのにか？　夏で三年が引退して二年がレギュラーになったんだから、部活に遅刻している場合じゃないだろ」

「それはそうですけどもー」

するとタケルがすっと手を挙げて、

「要らないんで、案内。自分で適当にまわります」

爽やかに言った。

——やはり、断られてしまった。

雨月は胸に当てていた手のひらを、そっと握った。


都心郊外の長閑《のどか》な田園風景に、ぽつんと一軒家が建っている。

バイオリン工房『ウエムラ』。

壁一面に吊るされている、古今東西・有名無名のバイオリン。丸太を多用して造られたログハウス風のちいさな工房にたちこめる、独特なクセのあるニカワやニスの匂い。——佐智の好

ンター〟であり、世界のあちらこちらで掘り出し物を発見してきた目利きで、また、目隠しをされた状態でもそれなりの演奏者によって鳴らされた音ならば楽器の製作者を聞き分けられるという、すこぶる耳の良い男でもあった。

ちいさいながらも己のペースで思う存分仕事をこなせる念願の工房を、日本へ帰国し、この地に建てた植村。

ここへは彼の腕や目や耳を頼り、バイオリンやビオラなどの弦楽器が次から次へと持ち込まれる。貴重なオールド楽器のメンテナンスや修理だけでなく、掘り出し物かもしれない弦楽器の鑑定や、また、名こそあれ管理がずさんで朽ちる寸前のものが植村によって命を吹き返した例も少なくない。

実績に裏打ちされた圧倒的な自信家、だからなのか、初対面でも馴染《なじ》みでも、誰を相手にしても植村の物言いには遠慮がない。

とはいえ、植村はいつになく緊張していた。

天才バイオリニスト井上佐智、彼を幼い頃から〝天才〟たらしめている重要な要素のひとつである愛器ニコロ・アマティ。佐智の表現したい音を極限まで叶え《鳴らし》続けている、紛《まが》うことなきオールドの名器である。

隅々にまで手入れの行き届いた、丁寧に扱われている証《あか》しのようなコンディション。替えのきかないバイオリンそのものの貴重さも然《さ》ることながら、このアマティが井上佐智と歩んできたキャリアの尊さに、植村は思いを馳《は》せる。

過日のこと、とある貴族の末裔《まつえい》からもたらされ、植村が鑑定し修復した未発見のストラディバリウス。名を『BLUE ROSE』と付けられた、バイオリンとしても投機対象としても、皆が喉《のど》から手が出るほど欲しがるストラドを献呈されたのが、井上佐智であった。

楽器の演奏者は押し並《な》べて、自分にとってより良い楽器を追い求める。自分の音を、自分の音楽を、究極まで表現するために。

垂涎のストラド。だが井上佐智は献呈を固辞した。

自分にはアマティがあるので、このバイオリンは必要ないと。

潔さに、植村は脱帽した。

そう、井上佐智という〝今〟を生きる稀代《きたい》の天才を支える〝過去の名匠〟が作りしバイオリン、名器ニコロ・アマティ。これからも彼らが共に歩みを進めるために、万にひとつの不注意も許されない。

――絶対に。

緊張で身が引き締まるのと同時に、植村は期待に胸を膨らませていた。これを乗り越えると役得という名の最高の御褒美が待っている。

調整を終えた楽器は確認のために持ち主に試奏してもらう。そこから更に細かなリクエストをもらい、微調整をし、限りなく完璧な状態にまで仕上げてゆくのだ。

確認のために、井上佐智にニコロ・アマティを試奏してもらう。曲を奏でる余所《よそ》行きの音だけでなく、演奏では使われない様々な音を鳴らしてもらう。自分の目と鼻の先で。

あの、井上佐智の〝音〟を、聴けるのだ。

贅沢《ぜいたく》の極み。

なんという至福。

だがその前に。

期待に浮つく自分を戒めるよう腹の底深くへ押し遣り、戦いに挑む武士の如くぎりぎりまで気を引き締めたとき、工房入り口のドアの開閉に合わせて、からんころんと可愛らしくカウベルが鳴った。

「いらっしゃい」

植村は俯いてバイオリンに集中したまま、形ばかり声を掛ける。

ログハウス風の工房によく似合うカウベル。植村がスイスで購入した、かなりおおぶりのものだ。インテリア用に一部加工を施してあるが、カウベルはその名が示すように、アルプスの山々で放牧されている牛が広いエリアのどこにいてもわかるよう一頭一頭の首に付けられる、強くはっきりとした音が鳴るベルである。シンプルながらも素晴らしい性能をしているので、オーケストラの演奏にも登場する。

ひとりで工房を切り盛りしている植村が、今はカウンターの内側にいるが、奥の部屋でややこしい作業に没頭していても来店者がわかるようにとの、自衛的な配慮を兼ねていた。

「よっ」

自分の店のような気安さで、ギイが入ってくる。

「……なんだ、御曹司か」

よっ、の発声だけで植村が当てる。

気安いふたりのやり取りに仲の良さが窺える。ギイのことを〝御曹司〟呼びする大人には、面白いタイプが多い。幼なじみとして子どもの頃から現在までのデータを持つ佐智は（奇《く》しくも、ギイの恋人の託生も同じ見解である）、

「道理で、義一くんがここをお気に入りなわけだな」

と、納得した。

「お得意さんにお茶の一杯も出さない店だけどな」

ギイは笑い、「植村さん、これ、お土産」

カウンターに持参した紙袋を置いた。

「おう、ありがとよ」

短く返し、「茶が飲みたいなら、お湯はポットに入ってるよ」

自分は作業に集中したいので、そっちで勝手にやれといわんばかりだ。

「わかった。どうする佐智？　飲むなら淹《い》れるぞ」

勝手知ったるナントヤラのギイへ、

「いや、今は」

佐智は必要ないと軽く首を横に振った。

「なら、ちょっといいか？」

ギイは入り口付近の接客用のソファセットへ、佐智を促す。

数日前のこと。

本日、佐智が愛器のメンテナンスのために朝一番で工房ウエムラを訪れると、佐智のマネージャーの大木《おおき》俊郎《としろう》から情報を得ていたギイは、自分も植村に渡したい物があるので迎えに行くよ、そのあと、久しぶりにふたりきりでランチでも、と、佐智を誘ったのだが、その日はスケジュールが詰まっているので、ランチはOKだが義一くんに送迎されるのは身動きが取りにくくて却《かえ》って不便、と現地集合を指定された。

未成年の頃にはどこへ行くにも必ずマネージャーの大木が、保護者かボディガードのように佐智の傍らにいたのだが、二十歳を過ぎた頃から少しずつ佐智の単独行動が増えていた。佐智が自分でクルマを運転し移動する機会が増えたことと、日本国内に限っては、治安面の安全性が高いので、大木はなおさら佐智の自由にさせている様子だった。

本日も佐智はひとりで、自分の運転するクルマで工房ウエムラを訪れていた。

サマーキャンプでは指導者の立場だった佐智だが、基本的に演奏家《バイオリニスト》として世界中を飛び回っている多忙な身なので、いくら幼なじみで親しくしているギイとても、ふたりきりでまとまった時間を過ごすのはなかなかに難しかった。

たまにはゆったり美味《おい》しいランチでもいただきながら、水入らずで話をしたかったのも事実だが、目的はもうひとつ。

ソファに向かい合って腰を下ろすと、ギイは単刀直入に切り出した。

「託生の夏休みに関してだが」

またその話かい？　いい加減しつこいよ、義一くん。と、佐智が呆れる様を素早く脳裏でシミュレーションし、強い心構えを作ってから、「オレは今年こそ、託生と海外旅行に行きたいんだ。ついては、あいつにまとまった休みを与えてくれないか！」

そう、恋人の雇い主に、恋人とのバカンスを直談判《じかだんぱん》する。

演奏家の佐智も佐智に雇われている託生も（片や世界各地、片や大学勤務とはいえ）カレンダーどおりの仕事でないことは百も承知だが、同じく年中無休である井上門下の音大生たちの指導にも間接的に携わっている託生に、まとまった休みはここ数年、ほぼなかった。

「それに関しては、僕からも義一くんに話があるんだ」

佐智はスマホを取り出すと、送られてきたメールの内容を改めて黙読してから、「実は、ついさっき、葉山くんのことで大学の事務局から連絡を受けてね」

「託生のことで？　大学から？」

ギイはギクリとする。「託生、なにかしでかしたのか？」

「いやいや、まさか」

「じゃあ、託生になにかあったのか⁉」

血相を変えてソファから立ち上がりかけたギイの腕を咄嗟に摑み、

「そういうんじゃないよ」

佐智はゆっくり引き戻す。

「……じゃあ、なんだ？」

「詳しいことは葉山くん本人から聞いてもらいたいのだけれど、大学が葉山くんに、ピンチヒッターの依頼をしたんだそうだ」

「ピンチヒッター？」

「そう」

「託生、野球はできないぞ」

「比喩《ひゆ》です」

「……ボケだよ」

「ついては、今から九月一杯まで葉山くんの身柄を大学に貸してもらえないかと」

「ちょっ——、休みどころか拘束するのか？　ってか佐智、リアクション！　少しはしろよ。完全スルーとか、つまらないヤツだな」

「つまらなくて結構。事情が事情なので、葉山くんが了承するなら、僕は協力するつもりなんだけど」

「……協力？　大学に託生を貸し出すことを？　いったいなんのピンチヒッターだ？」

「私立高校の音楽教諭」

「臨時の音楽講師とは違うのか？」

「講師ではなく」

佐智はきっちり否定すると、「欠けた教員の穴埋めということだから、授業のときだけ学校

に来る講師ではなく、それなりに雑務もあるはずだよ」

「つまり？　どこかの私立高校に、今から九月の末まで、託生を音楽の先生として派遣《レンタル》するってことか？」

託生に音楽教諭が務まるかどうかの心配は、ギイにはない。

「さすが義一くん、理解が早くて助かるなあ」

佐智も、その心配はしていない。

「まとまった休みをもらいたいって話が、なんだって、べったり仕事をする話になるんだよ」

「もちろん断ったっていいんだよ？　依頼であって、強制ではないから」

佐智はもう一度メールを注意深く確認してから、「そうだね、内容が内容だけに急を要するけれど、さすがに今すぐの返答はできないとしても、ここ数日のうちに受けるか断るかの判断を迫られることになる。葉山くんのことだから義一くんに相談するだろうから、ふたりでよく話し合うといいよ」

「……ふむ」

「それでもし葉山くんが依頼を断るのなら、彼に二週間の休みを約束しよう」

唐突な、太っ腹な佐智の提案に、

「え!?　二週間？　まるっとか？」

ギイは前のめりになる。

「ああ、まるっとね」

「本当だな？　佐智、男に二言はないな」

念を押したギイに、

「ああ、ないよ」

佐智はにっこりと笑った。

そこへ、ギイのスマホに電話がかかってきた。

「っと！」

素早く画面を確認したギイへ、

「葉山くんから？」

佐智が訊く。

「ああ。悪い、ちょっと出てくる」

ギイはスマホを手に、急いで工房の外に出た。

からんころんと長閑なカウベルの音に送られながら、工房の駐車スペースへ。二台並んでいるうち、手前の、排気量の大きなイカつい外国車が佐智の愛車で、奥の、装飾の少ない先進的な国産車がギイが乗っているクルマだ。

佐智とギイ、外見から受ける印象とは異なる二台。

清らかな天使のような、繊細で年齢不詳の外見をしている佐智だが、恋人の愛車《バイク》がこれまたゴツいドゥカティで、好みで揉《も》めない、似合いのふたりだ。

ギイとても、シンプルを好む恋人と、好みがどんぴしゃりと合っている。

おかげで揉めない。

自分のクルマに寄りかかるようにして、ギイは通話をタップする――。

――ガラス窓の向こう、ギイが真剣な表情で託生と話しているのが、座っているソファからよく見える。

「あの様子だと、義一くんとの久しぶりのランチはお預けかな？」

グルメで情報通の崎義一おすすめの店の味は気になるけれども、仕方あるまい。なにせ、向こう一カ月半の恋人の生活がかかっている。今のギイは、のんびりランチを楽しむどころの気分ではないだろう。というか、いっそのこと、託生とランチを食べながら、ふたりでじっくり話し合えばいいのでは？

ギイには、佐智主催のサマーキャンプで一方《ひとかた》ならぬ世話になった。

不測の事態に見舞われて、一時は開催すら危ぶまれていたのだが、裏をすべて取り仕切ってくれたギイのお陰で、今年のサマーキャンプが滞りなく終えられたといっても過言ではない。ランチの店は誘ったギイが予約したが、ランチ代は佐智が支払うつもりでいた。その程度の金額ではまったく釣り合わないのだが、せめてもの感謝の印に。

しかもギイは、サマーキャンプで佐智に多大な恩を売ったにもかかわらず、そのかわりに託生にまとまった休みをなどと、要求したりしない。

それはそれ。これはこれ。

だから、二言はないどころか、やぶさかではなかった。

葉山託生への二週間のまとまった休暇。
すべての仕事をリタイアし、現在（表向き？）無職とはいえ、既になんでも持っていて、欲しいものや必要なものがあったとしても誰より効率よく自分で手に入れられるギイに、一番、喜んでもらえそうなお礼だったのに。

　年間を通して海外での演奏活動が多い佐智の、大学での教授職を全面的にサポートしている託生は、大袈裟《おおげさ》でなく、かけがえのない戦力なので、いくら大学が夏休みであろうと、二週間ものまとまった休暇をとなると、決して簡単な話ではない。だからこそ、今回のギイへの礼に相応《ふさわ》しいのだが。

　……さて、ふたりはどうするのかな。

依頼を断り海外旅行のための二週間の休暇を手に入れるのか、はたまた、大学のために一肌脱ぐのか。

　窓越しの、ますます真剣に託生と話し込むギイの姿に、佐智は直感する。

「困ってる人を放っておけないからなあ、義一くん」

　恋人とのバカンスを諦めて、そっちを優先させるんだろうな。

「……新卒の音楽の先生の話、出ないね」

校内放送での千賀学園長による朝礼は、毎度のことながら、退屈なことこの上なかった。なにせ話題がことごとくテンプレートなのだ。

せめて映像でもあればいいのに、教室のスピーカーからはけっこうなボリュームで、抑揚の少ない低くて単調な声が延々と流れ続けている。

「てっきり出るかと思ったのに」

「教室での朝礼で良かったー。この調子で、グラウンドで延々と立ちっぱで聞かされてたら、拷問だよね」

「しっ。もっとちいさく。担任に聞こえちゃう」

「大丈夫、聞こえないって」

「もう少し放送のボリューム下げてくれないかなあ、学園長先生」

「おかげで喋っていられるじゃない」

「息子の隼斗先生は、トーク、面白いのにね」

「親子でも違うよねえ」

「それにしてもさあ、うちの学校、なにかに祟《たた》られてるんじゃない？」

お達しの全員起立ではなく、二年A組では全員着席。

教室のあちらこちらでひそひそとお喋りに花を咲かせているクラスメートに、注意する者はひとりもいない。学級委員も注意しないし、教室の前方窓際に置かれた教師用の机に頬杖を突いて、のんびり外を眺めている担任もまた然り。

「転落事故とか、化け猫騒ぎとか、自殺未遂？　とか、オカシナこと続き過ぎじゃない？」

「しかも先生が行方不明なんて、もう、これは事件デスヨ」

「お祓《はら》いしてもらった方がいいのかも」

「だよね？　ちょうど夏休みだし、学校中、清めてもらうとか？」

「古幡くんに提案してみる？　理事長だし」

「えっ。う、緊張する。話しかけるの」

「はあ……。今日も綺麗だよね、古幡くん」

「……うん」

女子たちが、うっとりと雨月の整った横顔を眺める。

各自がてんでんばらばらなことをしている中で、皆と同じく着席はしているものの、すっと背筋を伸ばして姿勢よく、古幡雨月は学園長の話を微動だにせず拝聴していた。

彼だけ、纏《まと》う空気が違う。

――たぶん話しかけないし、提案もしない。そんな勇気はなかなか出ない。

モテモテじゃん、雨月。

だがうっとりと雨月に向けられた彼女たちの視線に、雨月が気づくことはない。

長かった全校朝礼がようやく終わり、担任が帰りの挨拶をすると、生徒たちは晴れ晴れとした表情でガタガタと席から立ち上がる。

タケルも素早く立ち上がり、教室を出た。雨月の視線に捕まらぬうちに。

三々五々教室を後にする生徒たち。どんなに全校朝礼が長かったとはいえ、まだ午前。弁当持参の部活動はたっぷり時間が取れるだろうし、帰宅部も今日は寄り道し放題だ。

ひっそりと自分に向けられる、もの言いたげな雨月の視線。

縁日の夜、それから、教室でも。

まさか、同じクラスになるとは思わなかった。桐嶺学園に入ると決めたけれども、なるべく雨月とは関わりを持たないよう、遠くから見守るつもりだったのに。

陽介曰く、ブンさんが桐嶺の資料や書類を揃えたとかで、――いったいぜんたいどういう書類だったのか。もともとブンさんは、数カ月前の事件の際にタケルを桐嶺学園にこっそり送り込み、潜入捜査をさせようと企《たくら》んでいたので、必要な書類はとっくに揃っていたのである。とはいえ、今回は潜入捜査ではなく普通に高校に入るだけ。てっきり在宅の単位制か、入試を受けて来年度の入学を目指すのかと思いきや、あれよあれよと編入の試験日が決まり、面接でもやけに教師たちが好意的で、おまけに制服まで（オフシーズンだからとかで）あっと言う間に用意された。

転校生ではなく編入生。

テストの成績は抜群でも、高校から高校への移動ではない生徒。――高校へ進学しなかった理由は引きこもりと書類に記載されているものの、甚だらしくないルックスや面接での受け答え。矛盾するタケルの背景が、いまひとつ見えてこない。

そんなタケルに編入先の担任が、

『新学期からの登校でもかまわないけれど、いつもより生徒が多くないときに、一度登校してみたらどうだい？　ちょうど登校日があるし、部活動の様子も覗けるよ』

と、すすめた。

登校のハードルを下げる配慮、その提案に食いつくように乗っかったのは兄の陽介だ。

わかりやすく心配性の陽介。気まぐれなタケルに、やっぱり高校には行かないなどと言い出される前に、さっさとスタートさせてしまいたかったのだろう。

「さて、と。どうしようかな」

特に用事もないし、このまま下校してもいいのだが、校務員に化け猫と見間違えられた夜、タケルはブンさんの頼みで仕方なく桐嶺学園に忍び込み、施設を調べてまわった。なので今更見学の必要はないのだが、夜中と昼間とでは様子も違うだろうし、

『要らないんで、案内。自分で適当にまわります』

と口にした手前、ざっと見てまわるとしようかな。


サマーキャンプの期間はずっと不在で、鍵《かぎ》を開け、数週間ぶりに入室した井上教授室。夏の暑さで熱気の籠《こ》もる室内に、壁一面に造り付けられた本棚を埋め尽くす大量の楽譜の、紙の良い匂いが充満していた。

託生が好きな本独特の匂い。

とはいえ堪能《たんのう》している場合ではないので、託生は先ず大きくカーテンを左右に開け、換気のために窓を全開にしてから、エアコンのスイッチを入れた。部屋を冷やすのが目的ではなく、カビ対策も兼ねてエアコンの中へ空気を通すために。

そして、これまた久しぶりに立ち上げた、託生が管理している井上教授のデスクトップパソコンが起動するのを待つ間、スマホからギイに電話をかける。

長めのコールのあと、

「待たせた、悪い、託生」

ギイが通話に出た。

基本が鉄砲玉で、毎日朝から出掛けるものの、どこでなにをしているのかわからないことの多いギイだが、本日のギイの予定は把握している。バイオリン工房ウエムラに伊豆土産を届けに行き、そこで井上教授と合流する。その後、井上教授と水入らずのランチ。

「こっちこそ、邪魔してない？　大丈夫かな」

「邪魔って、なんの？」

ギイはきょとんとし、「そんなことより託生、佐智から聞いたぞ、大学からの依頼のこと」

「あ、……うん」

「もう大学に返事をしたのか？　引き受けるかどうか」

「まだだよ、先にギイに相談したかったから」

「――よし」

強く頷いたギイは、「託生の印象としては、どうだ？」

「事務局の菱川さんに頭を下げられてしまったから、断りにくいんだけど……」

「けど？　ってことは、できればやりたくない？」

「絶対にやりたくないってわけでもなくて、ぼくに白羽の矢を立ててくれたことは嬉しいし、信頼してもらってるっていうか、それは、……うん」

「詳しいことは託生から聞けと佐智に突き放されたから、オレは見出し程度《リーダー》にしか知らないんだが、もしかして、厄介な案件か？」

「……たぶん」

「この電話で説明できるか？」

「できると思う」

「なら、聞かせてくれ」

「えっとね――」

託生は応接室で菱川から説明された内容を、なるべく正確にギイへ伝えた。

「ひっで。モンスタークレーマーみたいな高校だな」

ギイが笑う。「卒業生の尻拭《しりぬぐ》いを母校に求めるって、大概だ」

深刻な内容でもふわりと受け止めてくれるから、託生はギイに話しやすい。

「授業をするだけなら、そんなに不安はないんだけど」

「ああ、だよな」

　教員の肩書きこそないが、もう何年も、音大生を相手に日々指導している託生なのだ。普通高校の音楽など、むしろギアをいくつも落として教えることになる。「てか、職員室の居心地の悪そうな学校だな」

「先生同士の雰囲気はわからないけど、上からの圧はきつそうだなって」

「理不尽だとわかっているなら、そもそも大学はそのクレームを受け入れたらまずいんじゃないか？　余計に付け上がらせることになるぞ」

「そこは、大学の判断だから。ぼくに口出しできる、範囲じゃないから」

「……ふむ」

「それに、ギイにも申し訳なくて」

「オレ？　オレのなにに対して？」

「………………旅行？」

「ああ！」

　ギイはそれだけで嬉しくなる。「オレとのバカンスが潰《つぶ》れること、気にしてくれてたのか。ありがとうな、託生」

　だが、不安要素を並べるものの、託生は大いに迷っていた。――無下には断れないと思っていそうだ。どこか、自分が引き受けるべきなのだろう、と思っていそうだ。

　あの佐智も、託生が了承するなら協力すると言っていた。――似た者師弟だな。

「それに関しては気にしなくていいよ、託生」

「いいの？　だって、今年こそ旅行をってあんなに。だから、てっきりヘソを曲げられるかとちょっと冷や冷やしてた」

「ヘソか。ははは」

と笑い飛ばして、「曲がってない、曲がってない。まあ、夏に行けなくても冬があるし」

「冬はクラシックのオンシーズンだから、忙しくて無理だよ？」

「なら、来年の夏にする。だから、オレのことは気にしなくていいよ、託生」

「……わかった。ありがとう、ギイ」

「どういたしまして、だ。……で、託生としてはどうなんだ？」

「ぼくとしては、学校や教師や、つまり、大人の事情で、ガタガタして、音楽の授業に悪い印象を、生徒たちが音楽を嫌いになったりしたら、イヤだなって。学校の授業の音楽を楽しく感じられなくなったら、もったいないなって」

「……そっか」

音楽は音楽でも、飽くまで学校の授業で扱われる範疇《はんちゅう》の、音楽について。それを楽しんでもらいたい、と。

音楽のことを最優先に考える、託生らしいな。

「でも、引き受けたら、夏休みが全部潰れてしまうから、さすがに、どうなのかなって」

「だよな、単に一カ月半、拘束されるだけじゃないもんな」

残りの夏休み毎日大学に出勤してください。とは、わけが違う。日常の延長での一カ月半ではなく、まったく新しい環境と職種と責任での、一カ月半だ。

「それから、かわりの顧問として吹奏楽部の指導をって言われても、吹奏楽はぼくの専門じゃないし」

「オーケストラなら、いざとなったら指揮棒も振れるのにな」

ふたつは似て非なるものだ。

管楽器がメインの吹奏楽と、弦楽器がメインのオーケストラでは、楽器の編成だけでなく、それぞれの持ち味による得意とする表現に大きな違いがあるので、当然のこと、扱う楽曲も大きく異なる。

レスピーギなど、クラシックの演奏会ではそれほど定番ではないが、吹奏楽では定番中の定番として登場するように。もちろん吹奏楽用に編曲されたものだ。

「吹奏楽は、託生には縁の薄い管楽器ばかりだしな」

「……うん」

「吹部の指導だけなら野沢あたりに声かけて、助《すけ》っ人《と》にきてもらうのはどうだ？」

「そうか！　野沢くん、仕事が忙しいだろうけど、相談してみようかな」

「だな。野沢本人が動けなくても、誰か紹介してもらえるかもしれないしな」

「野沢くんの推薦なら頼りになりそう」

託生はふふふと笑う。大学時代から野沢のコミュニケーション能力と、人を見る目と、人脈

の構築力はズバ抜けていた。「それから授業計画も立てないとだ。九月だけとはいえ、ちゃんとしてあげたいし」

「……授業計画？」

「学校では、たいてい学年毎に目標とか課題とかが決められていて、それに従って、年間の計画と、それを元にした月毎の計画を立てるんだ。同僚の音楽の先生たちからアドバイスをもらいたいし、おそらく深瀬くんが作った年間の授業計画があるはずだから、それを土台に、七月の授業の欠けを補いつつ、どうにかうまいところに着地させたい、かな」

「ほう」

ギイは静かに感心する。

スイッチの入った託生の生き生きした口調。頼もしいし、なんだか可愛い。

「とはいえやっぱり、心の準備として、学校で音楽を教えている現役の人から話を聞いておきたいな。誰か知り合いでいなかったっけかな、高校で音楽を教えてる人……」

「そういうときは母校を頼れよ」

「——え？」

「託生にはふたつの祠堂がある。母校の学院と、教育実習でもお世話になった広義の意味での母校である兄弟校の学園が」

「あ！　そうだね、そうでした！」

「しかもお誂《あつら》え向きに、現在学園では保健室の先生として三洲《みす》が働いている」

「あ。……忘れてた」

ほんの数日前まで、九鬼島のサマーキャンプでスタッフとして一緒に仕事をしていたのに、託生はすっかりそのことを失念していた。「お医者さんの三洲くんに、学校のイメージがないから、つい」

「だよな」

わかる。「三洲といえば〝学校〟ではなく〝病院〟だもんな」

サマーキャンプでもさりげなくそのスキルを発揮していた三洲新《あらた》。おかげで、京古野邸の専属スタッフからも、めちゃくちゃ頼りにされていた。

振り返るとあの場には、世界的なクラシック演奏家たちを筆頭に、様々なジャンルのプロが集結していた。縁の下の力持ち的な役職だけでなく、華やかな今をときめくアイドルや、初めてのCM出演で人気急上昇中のモデル出身の俳優まで、こっそり紛れこんでいた。

「三洲に言えば、どうにかしてくれるんじゃないか？」

「うん。そうかも」

電話の向こうでほっとした様子の託生へ、

「ところで、話の様子だと、無断欠勤の原因はわかってないのか？」

「少なくとも大学では、原因は把握してなかったよ」

「無断欠勤の新卒を易々切り捨てるような学校に託生を行かせるのは、正直、甚だ不安だが、それ、なんて高校だ？」

「えっとね」

託生は事務局でメモした紙片を広げ、「桐嶺学園高等学校。私立の共学で――」

「とうりょう?」

ギイの背筋にざわりと悪寒が走る。

まさかと思うが、タケルが秘密裏に関わった、あの桐嶺か? 一応解決しているが、今年になって不穏な事件や事故が続いていた、あの?

「託生、字は、どう書く?」

「え? あ、木曜日の木と同時の同の〝桐〟と、山川の山と命令の令と一頁二頁の頁の〝嶺〟で、桐嶺」

「……桐嶺」

ギイはゆっくり繰り返す。同じ字だ。「もしかして、S市のか?」

続けて確認する。同名の別の高校であってくれと願いつつ。

「そうだよ。驚いた。よく知ってるね、さすがギイ」

なんと。

死人こそ出ていないが、出てもおかしくないような事件事故が続いた桐嶺学園。タケルが暗躍しなければ、どれだけの生徒が犠牲になっていたことか。

おまけに、新卒の教師が無断欠勤だと?

「託生、教員の出向の話、大学に返事は、まだしないよな? 少なくとも今日は」

「うん。まだしないつもりだけど」

「もし急かされても、返事は待ってもらってくれ。調べたいことがある」

「調べるって、桐嶺学園について？」

「ああ、そうだ」

ギイは工房を振り返る。

ガラス窓の向こうに佐智の整った横顔が見える。――多忙な佐智とのふたりきりのランチ、めちゃくちゃ楽しみにしてたのに。水入らずで積もる話をしたかったのに。

「託生。この話は夜、家へ帰ってから詰めよう」

電話じゃ駄目だ。

表情が見たい。

僅《わず》かな機微も見逃したくない。

いくら託生が言葉を尽くして説明してくれたとしても、気持ちのすべてを的確に、ひとつも零さず、言語化できるわけじゃない。

なにより、視覚情報から得られるものは多いし、大きい。

「オレ、託生の顔を見ながら話を詰めたい」

ギイの真摯《しんし》な申し出に、

「わかった。じゃあ、夜に。……相談に乗ってくれてありがとう、ギイ」

大好きだよ、と、照れた小声で託生が続ける。

「こら託生、切り際に言い逃げする気か？」

ギイは笑い、「オレもだ。愛してるよ、託生」と囁《ささや》いて、通話を切った。


帰りの挨拶が終わるや否や、二年A組の教室からいなくなった加々見タケル。

「帰るの、はっや」

近くの席の女子たちが噴き出す。

「機敏すぎる！」

「面白いねえ、加々見くん」

「校内の案内したかったのにぃ」

「ねえー？」

ケラケラと楽しげに笑い合う彼女たちに、自分もあれくらい明るい気持ちでタケルを見ていられたら、と、雨月は思った。

「古幡、ちょっと」

担任が雨月を手招きする。

「はい」

雨月は席から立ち上がり、教卓の担任の所まで行く。

担任はやや声を落として、

「古幡、加々見のことだが、できるだけ気に掛けてやってくれないか？」

と言った。

「僕が、ですか？」

「古幡ならば、編入生の意味はわかるだろ？」

「……あ、はい」

まがりなりにも雨月は理事長だ。

「加々見が学校へ行ってなかった理由は――」

担任は更にいっそう声を落とすと、「書類によれば、引きこもりだそうだが」

「引きこもり？　ですか？」

あんなに強い光を放つ人の、どこが？

「あんなにタフそうな引きこもりも、この世にはいるんだな」

雨月の心を読んだように担任は笑い、「それはさておき、ご覧のとおり、あれだけゴーイングマイウエイだと、まあ、浮くだろうし、浮いたとしても気にしなさそうだし、だからこそ、古幡と話が合うかもしれないぞ」

――話が合う？

「僕と、ですか？」

意外そうに訊き返した雨月に、

「古幡に、加々見を気に掛けてもらいたいと頼むのは、古幡の協調性を見込んで、という側面もあるんだが、加々見は周囲の雑音に振り回されないタイプのようだから、なんつーか、対等に？　古幡とも向き合うんじゃないか、とね」

「……対等？」

対等に、向き合う？　僕と？

「で、打ち解ける良いきっかけになればと思って校内の案内を古幡に頼んだんだが、加々見にきれいにいなされちまったな」

担任はあははと笑い、「ついでなら、さほど古幡の負担にならないかと思ったんだが、いやあ、しくったなあ。加々見の奴、てんで策が通じないな」

手強《てごわ》いよな。と、担任は楽しそうに付け足した。

――ついでなら？

雨月はその一点に、気持ちが縛られる。

そういえば、さっきも担任は、

『なら古幡、体調に問題がないようなら、全校朝礼の後でついでに加々見に校内を案内してやってくれ』

ついでに、と、言っていた。

もしかして担任は、放課後に必ず校内を一通り見て回っている雨月のルーティンを、知って

いるのだろうか？

理事長の肩書きが付いたとき、雨月には、なにをすればいいのかまったくわからなかった。父がどんなふうに仕事をしていたのか、幼い雨月に理解できていたはずもなく、それまで離れて暮らしていた良造叔父も、そのあたりは詳しく知らないようだった。

わからなくても、雨月は重要な学校関係者だ。だからせめて校内のことを、自分なりに把握しておきたかった。

部活に所属していない雨月は、よほど体調が悪いとき以外は放課後にゆっくりと校内を見回った。そのことを内緒にしていたわけではないが、わざわざ誰かに話したりはしない。吹聴《ふいちょう》するようなことでもないし、それについて訊かれたこともなかったのだが。

雨月はぽかんと担当を見上げる。

「じゃあな、頼んだぞ古幡」

担当がひょいっと手を上げて、教室から出てゆく。

ぽかんとしたまま見送って、

「……あ、返事」

を、し忘れたことに、遅ればせながら雨月は気づく。

わかりました、とも、自分には無理です、とも、答えぬまま。そんなことよりルーティンを担任に知られていたとは思わなくて、驚きで。と同時に、また別の、担任のきめこまやかな心遣いにも気がついた。

もし担任がさりげない〝ついで〟の一言に意味合いを集約せず、タケルの校内案内に雨月を指名したことにかこつけて、雨月の放課後のルーティンをクラスの皆の前でバラしたならば、雨月の〝理事長〟の部分がクローズアップされて、雨月は改めて特別な目で見られ、皆から浮くことになっただろう。

――いやだ。

浮きたくない。

古幡の協調性を見込んで、と、わざわざ〝協調性〟を理由に挙げてくれた担任には、雨月がなにを恐れているのか、おそらく見抜かれているのだ。

雨月がどれほど、皆から浮きたくないと思っているのか。

浮くことを恐れているのか。

皆と〝同じ〟でいたいと思っているのかが。

どんなに協調性が高くても、雨月には気の置けない友人はいない。これまで、ひとりもできなかった。

けれど――。

『あんなにタフそうな引きこもりも、この世にはいるんだな。――それはさておき、ご覧のとおり、あれだけゴーイングマイウエイだと、まあ、浮くだろうし、浮いたとしても気にしなさそうだし、だからこそ、古幡と話が合うかもしれないぞ』

『古幡に、加々見を気に掛けてもらいたいと頼むのは、古幡の協調性を見込んで、という側面

もあるんだが、加々見は周囲の雑音に振り回されないタイプのようだから、なんつーか、対等に？　古幡とも向き合うんじゃないか、とね』

『で、打ち解ける良いきっかけになればと思って校内の案内を古幡に頼んだんだが、加々見にきれいにいなされちまったな。あはは。ついでなら、さほど古幡の負担にならないかと思ったんだが、いやあ、しくったなあ。加々見の奴、てんで策が通じないな。手強いよな』

　雨月とタケルが友人になれるように。にもかかわらず案内役を拒みかけた雨月に、担任は「ついでに」と、雨月にだけ刺さる言葉で伝えてくれたのだ。

　担任の心遣いに、胸の中が温かくなった。

　もし、加々見タケルと友だちになれたなら。——嬉しい。

　担任に、見回りのルーティンを肯定してもらえたようで、嬉しい。

　大人から侮られてばかりだが、それでも、拙《つたな》いなりにも自分として精一杯の、理事長としての努力を認めてもらえるのは、とても嬉しい。

　周囲の子どもたちから浮いてしまうから、特別扱いされることや、大人から気遣われることに反射的に警戒してしまう雨月だけれど、——担任の心遣いが雨月に沁《し》みた。

　学園長から、理事長としての雨月の責任を突きつけられている今、だからこそ、沁みた。

　ありがたくて、少しだけ肩の荷が軽くなったようで、雨月は自分の席に戻ると、登校日の少ない荷物を手際よくデイパックにまとめて、久しぶりの明るい気持ちで、放課後のルーティン

に向かった。

からんころんとカウベルを鳴らして工房に戻ってくるなり、

「悪い、佐智、ランチの予定、変更してもいいか？」

ギイが言う。

想定内だった佐智は、

「ああ、もちろんかまわないよ。僕も、義一くんと葉山くんのふたりでラ——」

「託生とふたりで食べてくれないか」

ンチを食べながら、ゆっくり相談すればいいいんじゃないかと思っていたよ。と、続けて言おうとした佐智は、

「……え？」

目を丸くする。

託生とふたり？　の、相手は、まさかの自分？

「オレに急用ができちまった。キャンセルするには惜しい、なかなか予約の取りにくい店だからさ、託生には連絡しておくから、支払いも託生に任せるから、仲良し師弟で、絶品ランチを堪能してきてくれよ」

どれだけ気合を入れるんだ？　というくらい楽しみにしていた佐智とのランチをキャンセルするほどの、ギイの急用、とは？

佐智は少し、ざわりとする。

「葉山くんとの相談は？　話はまとまったのかい？」

ギイはふっと声を改めると、「——最悪、断らせようと思ってる」

静かに続けた。

佐智はじっとギイの顔を見詰めて、

「なるほど」

ゆっくり頷いた。「あの高校からの依頼には、義一くんがそこまで言う、なにかがありそうなんだね？」

「杞憂《きゆう》かもしれないが、——杞憂であってほしいけどな」

「わかった。ではお言葉に甘えて、義一くんオススメの絶品ランチは、葉山くんと、じっくり堪能させてもらうよ」

考えてみれば、教授室でふたりで出来合いのお弁当《ランチ》を摂ることはままあれど、葉山託生とふたりでどこかで食事をとなると、滅多になかった。……悪くないな。

「ああ、頼む。じゃ、佐智、またな。植村さん、また来ます！」

ギイはふたりに挨拶すると、ジャケットの裾《すそ》を翻して工房から飛び出して行った。

ひっきりなしに、からんころんと工房に鳴り響くカウベルの音。

「慌ただしいな、御曹司は」

弦の張り替えを終え、バイオリンの中も綺麗に掃除してから、駒や魂柱の調整を済ませた植村がバイオリンを手にカウンターの中から出てきた。「お待たせ。試奏を頼むよ、井上くん」

お待たせ、と言われるほど長くは待っていない。

腕の良い職人は仕事が早い。その典型のような植村亨。

「はい」

佐智はソファから立ち上がり、愛器アマティを両手で受け取る。

手にしただけで、バイオリンのコンディションがぐんと良くなっていることが、——ふわりと軽くなったように、感じた。

「せっかくなあ、俺にしては珍しく、井上くんに試奏してもらっている間に、粗茶の一杯でも淹れてやろうと思ったのにな」

植村はふざけてから、「また厄介事に突っ込んで行ったのかな」

と、真顔に戻った。

「お人好しですから、義一くん」

佐智はアマティを鎖骨と顎《あご》だけで支え、両手で手際よく弓の調整をする。

ベースとして、託生を派遣することを前向きに考えていればこその、ギイの行動。

二週間のバカンスを、天秤《てんびん》にすらかけなかったのかもしれない。

「自慢の幼なじみです」

アマティに弓を当てて構え、佐智は微笑んだ。

天下の井上佐智に〝自慢〟とまで言わしめるとは……！　その躊躇《ためら》いのなさに植村はこっそり唸る。御曹司はとんだ果報者だな。

やがて、バイオリンのコンディションを隅から隅まで確かめるように、ありとあらゆる技法と音が、工房ウエムラに響き渡った。

天才バイオリニスト井上佐智の〝音〟を、植村は全身で浴びるように独り占めする。

なんという贅沢！

なんという、至福！

「ったく、にしてもせっかちだよなあ、御曹司め。せめて、俺が調整したアマティの音を一音でいいから聴いてから、飛び出して行けよ」

凄腕っぷりを見せつけてやりたかったのに、実に残念である。

「――あれ？」

テニス部の部室に向かう途中で、品子はきゅっと足を止めた。

ほんの一瞬、目の端にちらりと映ったのだけれど、第一校舎の二階と第二校舎の二階に架か

る渡り廊下に加々見タケルがいたような気がして。

見間違い？　だよね？

だって、こんなに早く、うちの学校に？　ついさっき、真己から桐嶺に来るらしいよ、と、聞いたばかりなのに？

いるはずがないと思いつつ、渡り廊下のいくつかの窓に目を走らせる。

けれどそれらしい人影はもう見えなくて、品子は迷う。

本人じゃないとして、でもタケルのようなあんなに印象的な人に似た男子生徒は、うちの学校にはいない。見間違いとも考えにくくて。

いつまでも渡り廊下を見上げて立ち止まっている品子に、

一緒に移動していた同じクラスのテニス部仲間が、振り返って訊く。

「どうかした、品ちゃん？」

「教室に忘れ物してきちゃった。ごめん、先に部室行ってて」

「わかった。あとでね」

外を移動しているので校舎の中へ戻るなら上履きが必要だ。けれど、上履きに履き替えるために昇降口まで行くのは、ここからだとかなり距離がある。

既に見失っているけれど、もっと見失ってしまうかもしれない。行き先の見当がまったくつかなくなるくらいに。

今なら、第二校舎の二階を目指せば、見つけられるかもしれない。

品子は一番近い通用口から第二校舎に入った。靴を脱いで手に提げて、靴下のまま最寄りの階段から二階へ、そして渡り廊下へと小走りに向かう。

タケルに会って、なにがどうというわけではない。

お稲荷さんのお祭りで、品子はタケルに無視されていたように感じていたから。

それでももし、タケルがあの朝の、品子を自転車ごと助けてくれたあの人だったら、改めてちゃんとお礼を言いたかった。

初恋の原体験に重なるからこんなにタケルに心が惹かれているのか、それは自分でもよくわからないけれど、無自覚に、無意識のうちに重ねていたから、まるで魔法のように一瞬で気持ちが持っていかれたように感じたのかもしれないし、よくわからないけれど、せめて、挨拶はしたかった。

それに——。

タケルに会えたら、なにかひとつ、答えを見つけることができそうな気がして。

もやもやざわざわばかりが心を占めていて、苦しいのだ。せめて、なにかひとつすっきりできたら。

「……いない」

放課後の、すっかり生徒のいなくなった第二校舎の二階の廊下にタケルの姿はなかった。

二階に上がる前に一階の廊下を見通したけれど、そこにもいなかった。

会いたいと思っていたから幻を見たのか、それとも——。

「……三階、かな」

よし。と、方向転換して階段に向かう。と、くるりとまわった途端に、どん！　と誰かにぶつかった。「きゃっ！」

ぶつかった反動で、大きく体勢を崩して廊下に尻餅《しりもち》をつきそうになる。

その品子の腕を掴んで、ふわりと誰かが引き戻した。おかげで転ばずに済んだ。

「あ、ありがとう、ございますっ」

「いや。こっちこそ、ぶつかってごめん」

ぶつかったのは品子の方なのだが、品子を責めるどころか逆に謝ってよこした男子の声に、

――聞き覚えのある声とトーンに、品子はバッと顔を上げる。

「タ、タケルさん⁉」

「あれ？　俺、名前、教えたっけ？」

飄々《ひょうひょう》とした表情でタケルが訊く。

あのときと変わらぬ爽やかなタケルが、そこにいた。

「いっ、一度ならず二度までもっ、命を助けていただき！」

ぴょこんと頭を下げた品子に、タケルはぷぷぷっと噴き出す。

「命とか、大袈裟だなあ」

「一年A組の千賀品子といいます！　品物の品と、子どもの子で、品子です。タケルさん、タケルさんですよね？　自転車ごと私を助けてくれて、公園で、私が落ち着くまで付き添ってく

れたのって。あのときは、大袈裟でなく命を助けてもらいました。改めてお礼を言いたいなって、ずっと思ってて。ようやく言えます、ありがとうございました！」

「いやいや」

律義だなあ、と笑ったタケルは、「お稲荷さんの縁日でも会ったよね」と続けた。

品子は俄然、嬉しくなる。

良かった、気づいてくれてた。

「はい！　あ、でも、お祭りのときは――」

タケルに無視されたような気がして。もしかしたら私とは会いたくなかったのかな、とまで勘ぐった。とは、さすがに言えず、「――す、スルー？　されたように感じて。だから、似てるけど、別の人なのかなって、疑ってました」

「ああ、ごめん」

タケルは申し訳なさそうに顔をくしゃりとさせて、「俺も、あのときの桐嶺の子だなって気づいてたけど、あの場には兄貴がいたからさ。俺たち、こっちに引っ越してきたばかりで、俺はずっと部屋に引きこもってたのに、もう女の子の知り合いがいるなんて知られたら、どういうことだ!?　って、それでなくても心配性の兄貴が大騒ぎしそうで、面倒臭かったからさ」

「お兄さんが一緒だったから……？」

なあんだ、そうだったのか。

品子はみるみる安堵する。——良かった。

「あの……、部屋に引きこもってって、タケルさん、本当に引きこもりだったんですか？　ぜんぜんそう見えないいんですけども」

「人を見かけで判断するもんじゃないよ」

タケルはからりと笑い、「もしかして、ここで俺を捜してた？」

あっさり見抜かれて、品子は赤面する。

「……はい。さっき、渡り廊下で、見かけた気がして。どうしてもお礼が言いたくて。でも、気のせいかなって。こんなに早くうちの学校に入ってくるなんて、思ってなかったから」

「俺、桐嶺に入る話、したっけか？」

「あ！　済みません、その話も、あ、タケルさんの名前も、真己ちゃんから聞きました」

「まきちゃん？」

タケルは考えて、「ああ、小柳さんの妹か」

——小柳さんの妹。

少し距離のある言い方に、品子はホッとする。

ホッとした自分に、いやだ、なんか私、性格悪くない？　と、内心突っ込む。

「それなんだけど、俺もびっくりしてるんだ。なんだかやけにとんとん拍子に話が進んで、気づいたらこう、だよ。制服まで間に合っちまったし」

「制服、どなたかのお古なんですか？」

「いや？　急いで仕立てますって学校指定の洋装店で言われて、たった一週間でできてきて、驚いたのなんの」

「一週間で？　すっごーい。早かったですね」

「な？　で、品子ちゃん、俺への用事は済んだのかな？」

確認のようなタケルからの問い掛けからは、会話を切り上げようとしているのかな？　と、察せられて、品子は返事に詰まる。一日会って改めてお礼が言いたい。そのために、捜しにきた。つまりタケルへの用事は済んだのだ。済んだのだけれど——。

「あのっ、タケルさん、は、ここでなにしてるんですか？」

「ここで、っていうか、見学？　校内をね、ぐるっと」

「あ！　だったら私、案内します！　学園長の娘ですから、校内に詳しいです！」

いつもは学園長の娘であることを煩わしくも感じているのに、他意はなくても言葉にした途端にひけらかすようで、相手に圧をかけているようで、まわりと距離ができてしまいそうで、安易に口にできないのに、品子はここぞとばかりに言い訳に使った。

「それはありがたいけど品子ちゃん、部活、あるよね？」

品子が背負っている、ラケットのグリップが外に出ているリュック型のテニスバッグ。「テニス部なんだ？　もう始まっているんじゃない？」

別の校舎で活動している吹奏楽部の楽器の音が、ここまで届いている。どこの部活も、もう始まっているのだろう。

「まだ始まって、は、いない、です」

それは嘘ではない。「タケルさんは部活どこに入るつもり、じゃなくて、その前に、えっと、何年何組になったんですか?」

「クラス?　二ーAだよ」

「二年A組?　……雨月さんと同じクラスだ」

タケルは雨月の名前には反応せずに、

「悪い、電話だ」

ポケットからスマホを取り出した。チラリと画面を見て、「件《くだん》の心配性からだ」

にっかり笑うと、じゃあな、と手を上げて人気のない廊下の奥へ進んでゆく。

柔らかそうな筋肉でほどよく整ったタケルの背中へ、

「あのっ、連絡先、教えてくださいっ!」

品子は大声で伝えた。

「今度な!」

タケルも大声で返す。

今度と言われて、それ以上、品子は食い下がれなかった。

「わかりました!」

と、明るく返して、品子は校舎を一階へ下りる。

テニス部の部室でもう皆、集まっているのだろうなと予想がついたけれど、後ろ髪を引かれ

る思いの品子の足取りは、決して早くはなかった。

頬が熱い。

ずっと胸がドキドキしていた。

「――お役に立てなくて、本当に申し訳ありません、崎所長」

若いスタッフに恐縮されて、

「いいって。こっちこそ、急な問い合わせだったのに対応してくれてありがとうな。それと、オレ、元、所長だから」

ギイは笑う。「さすがにそろそろ慣れてくれよ」

「あっ、済みません。つい」

数カ月前に崎所長が所長の座を退いたことはちゃんと理解しているのだが、まだ次の所長が決まっていないことや、どうしても崎所長の存在が大き過ぎて、脳内のデータはアップデートされているのに、気持ちの切り替えにぐずついてしまう。それから、「……所長に戻るという選択肢は、ないのでしょうか……?」

万が一にもその可能性があるのなら、と、期待してしまうから。

それはこのスタッフだけでなく、研究所で働く皆が密かに望んでいることでもある。

「次期所長の候補もここにはあるんだ」

ギイは機嫌よく、こめかみの辺りを指先でとんとんと叩《たた》いてから、「オレを遥かに凌《しの》ぐ適任者を選ぶ予定だからさ、楽しみにしてて」

と笑う。

「……はい」

まるでCGのような完璧に美しい造形ににっこり微笑まれ、息を呑むように頷いたものの、スタッフの歯切れは決して良くはなかった。――崎（元）所長を遥かに凌ぐ適任者？　二十代の若さでこの化学研究所を立ち上げ、軌道に乗せるという、とんでもない偉業を軽々とやってのけた崎義一を凌ぐ能力の高い人間が、この世にいるとは到底思えなくて。

都心郊外、自然溢れる広い敷地の、深い緑に浮き立つ純白の建築物。壁面のところどころや室内に強化ガラスやポリカーボネイトが多用されているおかげで、ありとあらゆるものを分析している（その専門性の高さゆえに、却って日本国内での一般的な知名度は低いものの、設備も人材も世界の最先端をゆく）化学研究所という性質上、きっちりと密閉されている構造であるにもかかわらず、建物の中から見える景色は豊かな緑に溢れ、開放的で清々しく、非常に快適であった。

眩しい日差しがたっぷりと差し込むエントランス。眩しい日差しよりも目に眩しい絶世の美青年の、なにより、誰より頼もしい元所長に、少しでも長くこの場所にいてもらいたくて、どうしても引き留めたい気持ちが強く働く。

建物の正面には、ゆったりとした区画の駐車場が。

「もし必要でしたら、更にグレードを上げた成分分析と、それ以外に、プロファイリングの手配もしますか？」

　駐車場まで付いてきたスタッフが訊く。

「ふむ、プロファイリングは悪くないな。うちで預かっている物より遥かに有用な物的証拠を警察が押収分析しているが、それでも不審な点が出てこないからこそ、捜査は終わっているんだろうし。とはいえ、これは飽くまでオレの主観だが、どうしても高校生ひとりの犯行とは思えないんだよな」

「でしたら、小笹《こざさ》室長に伝えて、早急にプロファイリングの手配をします」

　スタッフが力強く請け合う。「経過報告は、逐一させていただきますから」

「ありがとう、助かるよ」

　ギイは感謝を伝えて、クルマのロックを解除する。「見送りはここまででいいよ。何件か、車内で電話をかけるからさ」

　車内のＡＩ環境を整えたので、走行中でもハンズフリーで通話することはできるのだが、落ち着いて話したいときは、やはり運転しながらは避けたい。そして、通話が終わるまでクルマの外でスタッフを待たせるのは、心苦しい。

　スタッフとしては、自分に待たれていると（通話の内容を聞かれていないとしても）電話をしていて窮屈なのだろうなと察して、待つのはまったくかまわなかったのだが、むしろずっと

ここにいたかったくらいなのだが、

「わかりました。では、ここで、失礼致します」

ぴしりと一礼してから、研究所の中へ戻って行った。

ギイはクルマをアイドリング状態にしてエアコンのスイッチを入れ、スタッフが建物に入るのを確認してから、電話をかける。

長めのコールのあと、
タケルが通話に出た。

「よ。どうした、ギイ？」

「訊きたいことがあるんだが、タケル、あれから古幡雨月と、どうなってる？」

「どうもなってねーよ。なんだ、出し抜けに」

「彼は桐嶺学園の理事長なんだろ？」

「ああ、そうだよ」

「経緯は省くが、託生がその桐嶺学園の音楽教師になる。早ければ数日後から、九月末まで」

「――はあ？　託生くんが？　なんで？」

相変わらず託生には〝くん〟付けのタケル。なぜかタケルは、託生のことを昔からぞんざいに扱わない。それどころか、タケルなりの敬意を払っている節すらある。託生の前に姿を現すことはしないが、たびたび贈り物をしているのだ。託生にはそうと気づかれないように、だがタケルなりの思いの籠もった贈り物を。

「経緯は省くが、オレは桐嶺学園に一抹以上の不安を感じている。ということで、うちの化学研究所で例の分析結果を洗い直してもらったが、残念ながら新たに得られた情報はない」

「なにが言いたいんだ、ギイ？」

「お前、今、どこにいる」

「桐嶺学園」

「――なんで？　そこは、タケルにとって、最もいたらマズい場所のはずだろ？」

「経緯は省くが、桐嶺学園に通うことになったんだよ」

「オレの真似をするな」

「経緯を省かずに言うと、兄孝行でだ。陽介が俺を高校に行かせたがってて、ブンさんが手配をした。それに乗っかったって次第だ」

「雨月くんと接点が増える可能性があるのにか？」

「それに関しては、まあ、うまくやるさ」

「ふうん」

タケルのことだ、うまくやるに違いない。だが、「果たして思惑どおりに行くのかな？　別の国どころか違う星に生まれても、巡り合ってしまいそうなのに？」

「違う星とは、またまたロマンティックな言い回しだな、ギイ」

お決まりのからかいに、

「言い得て妙だろ？」

むしろギイはにやりと笑う。

「そうか？　俺のことはさておき、託生くん、ここまで通うの大変じゃないか？　自家用車ならともかく、公的交通機関を使うとしたら、乗り換え乗り換えで、お前んちから、けっこうかかるだろ？」

「まあな」

「ソッコーで運転免許、取らせろよ。合宿免許とかあるじゃん」

「運転免許か……」

そういえば、託生との同居が決まったときに、島岡《しまおか》にも勧められたな。

『良い機会ですから葉山さん、自動車免許を取得なさったらいかがですか？』

と。

地方の民には必需品だが、都会の民にはそうでもない、自家用車と運転免許。

クルマの運転に苦手意識のある託生の気持ちを尊重して、そのうち必要になったらと、無理強いせずに呑気《のんき》に構えていたのだが。

こんなに急に必要になるとは思わなかった。

島岡の奴、先見の明があったな、さすがだな。

託生の自動車免許取得の必然性について、自分が本格的な夏休みに入ったら三人で自動車での国内旅行をしましょう、ついてはロングドライブをするならドライバーは多い方がいいとかなんとか、冗談のように言っていたが、島岡の言い分を仮に真に受けるとして、ギイの父親の

有能な秘書で超絶働き者の島岡の夏休みは、いったいいつになるのやら。

——秋かな？

「だがなタケル、合宿免許ったって一日で取れるわけじゃなし、教える準備でてんてこ舞いしそうな託生に、そんな暇はないよ」

「そうか？　取るなら今のうちのような気もするが」

「まあ、いざとなったら毎日オレが送迎するし？」

やや嬉しそうなギイへ、

「……甘やかし過ぎじゃね？」

タケルは呆れる。

「これからそっちに向かうんだが、不動産屋をまわって、マンスリーを契約するのもありかと思ってる」

「なるほど。月貸しのマンションからなら、通勤はそんなに大変でもないな」

「セキュリティのしっかりした物件を買うのも、ありかもしれない」

「買う？　たった一カ月やそこらのことに？　……やり過ぎじゃね？」

「暇なら付き合え」

「お。そういうことか。いいぜ、付き合う」

「それから、桐嶺学園でなにが起きているのかは知らないが、タケル、お前託生に借りがあるんだから、託生のこと、絶対に守れよ」

「借り？」

溯《さかのぼ》ること十年以上前、ギイたちが高校二年生の冬、学年全員での北海道のスキー教室にて。タケルはそこで起きた一件を託生の記憶からまるっと消した。託生だけではない、関係者全員の記憶を消し、別のものを上書きした。

そのことを託生への〝借り〟と言い放つギイ。——ふん。まだ怒ってやがる。

関係者全員の中にはギイも含まれていたのだが、ところが、消して書き換えたはずなのに、ギイはオリジナルの記憶を持っていた。記憶を甦《よみがえ》らせたギイはタケルに激怒し、どう辿《たど》り着いたのか、その後、タケルを見つけだしたのだ。

——コイツ、本当に人間か？

なににも動じないタケルが、ギイに脅威を感じた二度目の瞬間だった。

「どんなに託生のことが心配でも、さすがにオレは桐嶺学園に入れないからな。校内でなにかオカシナことが起きても気づけないし、手も出せない。だからタケル、オレの代わりに託生のこと、頼んだぞ」

「おう、いいぜ」

葉山託生を守るのにやぶさかではない。が、「だとしたら、一度、ギイを通して託生くんと顔を合わせないとだな。託生くんが俺を知らないままでは、守りにくい」

単に顔を合わせるのではなく、葉山託生が信頼している人物を通して、三人で。

託生の記憶の隠された部分にタケルはいる。それを復活させるなら、三人で会う手間はいら

ないし、今ここでもできるのだが、人の記憶というものは、大なり小なり、なにかしらに連動しているものなので、タケルだけをぽんと切り抜くことはできないし、タケルに付随する記憶まわりの改竄《かいざん》が少々面倒臭かった。そして、なによりも——。

「ああ、機会を作るよ」

　承知したギイへ、

「例の分析結果を洗い直したりして、ギイは、桐嶺学園の、いったいなにを疑ってるんだ？」

　タケルは改めて訊いた。

「……なんだろうな。はっきりこことは示せないが、やけに歪《いびつ》な印象を受ける」

　いびつ。

　それは、わかる。

　特に雨月の周囲では、彼を取り巻く大人たちの思惑が錯綜《さくそう》している。

「もしなにも事件らしきものが起きていなくとも、上からのパワハラも含め、託生が理不尽な目に遭わされるのは、オレはまっぴら御免なんだよ」

「ギイの心配はわかるが、そんなにヤワじゃないだろ、託生くんは」

「オレだって、託生がヤワだと思っているわけじゃない。逆境に簡単に怯《ひる》んだりしない、芯《しん》の強いやつだからな。だがああ見えて、悪意に弱いんだよ。いや、疎い、かな」

「へええ。そこそこの修羅場をくぐってきてるのにな、面白いな、託生くんは」

「性善説とまではいかないだろうが、託生は安易に人を疑わないからな」

だから教育の場にいられる、ともいえる。託生は相手の中に〝光〟を見つける。「オレは、そんな託生を傷つける者を絶対に許さない」

「わかってるよ」

なにせタケルはそのうちのひとりだ。

――なによりも、勝手に託生の記憶を改竄したタケルを、ギイは未だに許していない。たとえそれが、タケルなりに託生の心を守ろうとした結果だとしても。

とはいえギイは、上書きした託生の記憶を今すぐ元に戻せとタケルに強要したりもしない。怒っているし、許してもいないが、当時のタケルの決断を、ギイなりに、尊重してくれているのだろう。

だが。

いいかタケル、どんなに辛い現実でも、託生の記憶は、託生のものだ。

二度と手を出すな。

だから迂闊に手は出さない。

……そういえば。

たとえ悲惨な結末を迎えることになったとしても、柊蝶子の記憶を元に戻せと詰め寄ったのもギイだったっけな。居合わせた託生は、決断しきれなかった。柊蝶子の心が壊れてしまうのを、託生はとても恐れたのだ。

ときに正反対のふたり。

　おかげで何度となく託生に救われている。自分とは違うからこそ、惹かれるのだと、ギイは言った。

「そっちまで一時間はかからないと思う。じゃあ後でな、タケル」

　素っ気なく通話が切れる。

　タケルはスマホをポケットにしまうと、

「一時間か。では、帰りますか」

　廊下を昇降口へ向かった。

　担任のおかげで、いつもよりずっと足取りが軽い。たいして荷物の入っていないぺたんこのデイパックと同じくらい、気持ちも軽かった。

　雨月の理事長としてのマイルール、ルーティンにしている放課後の校内巡回。

　普通教室や特別教室は言うに及ばず、滅多に使われない部屋や施設など隅々まで見て回る。もし異変があれば報告するし、トラブルを見つけたならば対応する。

　全校朝礼が終わったと同時に帰宅する生徒が圧倒的に多いが、一年生二年生の中には、夏休みの登校日とはいえ、夕方までがっつり部活をするのにお弁当持参の者もいる。雨月の場合は昼食は家で、良造が用意してくれるものを食べる。

努力を惜しまない良造は、今やすっかり料理の達人である。そして雨月の好き嫌いを見逃してくれない。もちろん、雨月の健康を維持するためにだ。

廊下をゆっくりと歩きながら、

『――という顚末だ。忘れてはおるまいが最終的な採用の判を押したのは古幡雨月理事長だ。責任は取ってもらいますよ』

千賀学園長の言葉の意味を、雨月はつらつらと考える。

あのあと、

『責任？　あんな戯《ざ》れ言《ごと》は真に受けなくていい』

と、叔父は言ってくれたが、

「……なにもしないわけには、いかないんじゃないかな」

それに、いくら自分が子どもでも、言われっ放しのままなにも返せないのは、情けなくて、悔しい。

とはいえ、なにをどうすればいいのかは、まったくわからなかった。

大人の使う責任とは、また、責任の取り方とは、どういうものなのだろうか？

「古幡くん！」

人気《ひとけ》のない廊下で遠く背後から声を掛けられ、雨月は立ち止まり、振り返る。

「……千賀先生」

同じ千賀先生でも学園長ではなく、数学教師の千賀隼斗が廊下を小走りにやってきた。

隼斗の顔を見るなり、たちまち表情を曇らせた雨月へ、持ち味の快活さを前面に押し出し、

「ここにいたのか。捜したよ。ようやく落ち着いて話せる。今朝は本当に済まなかったね」

隼斗は明るい調子で謝った。

「……いえ」

隼斗は雨月の放課後の行動を承知している。――付き合っていたからだ。まるで、おままごとのような関係だったけれども。

雨月の放課後のルーティンにかこつけてデートしようと、一緒に校内を回ろうとした隼斗の誘いを、雨月はそのたびに断っていた。教師と一緒に校内をあちらこちらと歩くなど目立って仕方ないし、生徒たちからなにを言われるか、わからないからだ。

「先に言い訳しておくと、俺も学園長には逆らえないから。――とはいえ、一方的に雨月を責めるようなことになって申し訳なかった」

「……いえ」

表情を硬くしたまま、近づく隼斗から数歩、後ろに下がった雨月に、透かさずその腕を摑んで引き寄せた隼斗は、

「――いっそのこと俺たちが付き合ってること、親父たちに話しちゃう？」

と、囁くように訊く。

雨月はあからさまに顔を顰《しか》めると、

「もう付き合ってないです」

と、突っぱねた。

もう付き合ってない。――うっすら予想はしていたが、はっきり言葉にされると、クルものがある。

「でも、俺は雨月が好きだし、雨月も俺を好きだと言ってくれたよな？」

「僕を好きなのに、庇ってくれなかったんですか？」

千賀学園長から一方的に責め立てられ、とりなしを求めて隼斗を見たとき、隼斗は雨月から顔を逸らしていた。雨月が救いを求めるのをあらかじめ予想していたのか、俯いたきり、頑《かたく》なに雨月と目を合わせようとはしなかった。

そうか、庇ってくれないんだ、隼斗さん。

……そうか。

あのときの失望感。

「だから今、説明しただろ？　申し訳ないって謝っただろ？　父に逆らうのは俺にとってかなりのリスクを伴うんだよ。冗談抜きで教師の職を奪われて干される可能性が高い。なんの見返りもなく、雨月の味方はできないよ」

「……見返り？」

好きな人を庇うのに、見返りが必要なのか？

雨月には理解できない。

隼斗の言う〝好き〟とは、いったい、なんだ？

「雨月はまだ子どもだから、わからないかもしれないけれどね」

自分が子どもであることは否定しない。だが、納得もできない。

「…………」

撥《は》ね付けるように無言で隼斗を見上げる雨月の視線に、

「……で、俺はいつ、ふられたのかな？」

隼斗が折れる。

ここを認めないと、話が先に進まないと気がついて。

「駐車場での事故の日です」

律義に答える雨月の腕を更にきつく掴むと、

「やっぱりその日か。あれのせいで、俺から品子に乗り換えたってことだよな？　でも俺は、そんなのは認めないから」

「認めてくれなくていいです。痛いので、腕を放してください」

「せっかくこれ、手に入れたのにな」

雨月の腕を掴んでいない方の隼斗の手に、小ぶりの紙袋が。袋の中身が見えるようにして、雨月の前へぐいと出し、「できれば今朝のうちに渡したかったけど、とてもそんな雰囲気じゃなかったからさ。お稲荷さんの縁日といえば、俺が雨月にこれをプレゼントするイベントでもあるだろ？　今年はヨーヨー釣りの屋台がなくて挑戦できなかったが、仕事で出掛けた先のお祭りでゲットできたんだ。雨月のために獲《と》ってきた。もちろん、受け取ってくれるよな？」

千賀家と古幡家の両家で、家族揃って地元のお稲荷さんのお祭りに出掛けた初めての年。幼いながらも聞き分けの良い雨月が、なぜかヨーヨー釣りの屋台の前から動こうとせず、じいっと赤いヨーヨーを見詰めていたので、ねだりはしないけど欲しいのかな？　と察した隼斗は、お祭り用の小遣いで初めてヨーヨー釣りに挑戦した。

なかなかうまく釣れなくて、小遣いが底を突きかけた頃、みかねた屋台のおじさんが「おまけだよ」と、赤いヨーヨーをひとつ、隼斗にくれて、隼斗はそれをそのまま雨月にプレゼントしたのだった。

言葉数が少なくて内気な雨月が、ぷっくりとしたカエデの葉のようなちいさな両手で、赤いヨーヨーをきゅっと包み、花が綻《ほころ》ぶように笑った。

自分にだけ向けられた雨月の笑顔に、今思えば心を射貫《いぬ》かれていたのかもしれない。それが恋とは限らないが、少なくともそれは隼斗の〝特別〟になったのだ。

あれから、雨月が自分でヨーヨー釣りができる年になっても、隼斗はその座を手放さなかった。いつしか一発でお目当てを引き上げるテクニックも身についた。

差し出した紙袋をなかなか受け取ろうとしない雨月に、

「もしかして、こっちも心変わりかい？」

隼斗は、我ながら意地悪な訊き方だなと思う。

心変わりもなにも、雨月が隼斗に恋をしていた手応《てごた》えはなかった。幼い頃から年の離れた従兄弟や兄を慕うように懐いていた雨月を、自分こそがどうしても手に入れたくなって、それを

恋ということにして、あやふやな幼さに付け込んだのだ。

いずれ気づかれるのに。――そして、とうとう恐れていた時が来てしまった。

「あーあ、こんなことなら君の体調を慮《おもんぱか》って、我慢し続けたりしなければ良かったよ」

隼斗が雨月の腕をぐいと引いて、目の前の無人の特別教室へ入ろうとする。

反射的に腰を引き、

「離してください」

廊下へ足裏をぐっと踏ん張り、雨月は抵抗する。

「今からでも遅くないよな」

「なにがですか」

「もう一度、俺に心変わりさせてあげるよ」

「や――っ！　……んっ！」

大きな手のひらで口を塞《ふさ》がれ、華奢《きゃしゃ》な雨月は易々と隼斗に運ばれてしまう。

隼斗が持っていた小ぶりの紙袋が廊下に落ちる。不規則に弾みながら紙袋から廊下へ転がり出た、色鮮やかな赤いヨーヨー。

拾う気配も気にする様子もない隼斗をよそに、ヨーヨーを目で追う雨月は、窓にカーテンが引かれた、昼間なのに薄暗い特別教室へ強引に連れ込まれた。隼斗が後ろ手でドアを閉め施錠すると、シンとした室内に鍵の閉まるカチリという金属音がやけに大きく響く。――赤いヨーヨーにまつわる楽しかった出来事が、悲惨なものに書き換えられようとしている。

教師である隼斗が、神聖な職場でなにをしようとしているのか。

雨月の知っている隼斗は、職場を汚すような、そんなことをする人ではないはずなのに。

その矛盾と、特別教室に連れ込まれている現実との折り合いがつかず、思考の混乱と恐ろしさで、全身が強ばり、膝《ひざ》が震えた。

「暴れるなって、雨月。心臓に良くないぞ」

夏服の白い半袖《はんそで》シャツの裾を、ボタンも外さず乱暴にまくりあげる。欲望のままに、怯《おび》えて強ばる雨月の腹から上へと手のひらを這《は》わせてゆく。

その動きをどうにか止めようと、雨月は隼斗の腕をきつく掴んで抵抗した。

腕力では到底敵《かな》わない。口を塞がれていては、助けを求めたくとも、僅かにくぐもった声しか出せない。

——嫌だ。助けて。誰か。誰か。……加々見くん……っ！

「やばいな。抵抗されると、もっと乱暴にしたくなる」

隼斗は感動すら覚えていた。知らなかった。こんなに荒々しい獣のような衝動が、自分の中に存《あ》ったとは。

「乱暴にって、さすがにそれはまずいんじゃないですか？」

背後から淡々とした声がして、隼斗は心臓が口から飛び出すほど驚いた。

ぎょっとして振り返った隼斗の目に、こちらを眺めている見知らぬ男子生徒が映った。その手にはスマホ。ぴたりとカメラレンズを向けている。——撮影⁉

隼斗の全身からどっと嫌な汗が噴き出した。

その一瞬の隙を突き、雨月は隼斗から逃れると男子生徒の方へ駆け寄った。駆け寄ったものの、膝からがくがくと崩れそうになる雨月を、タケルはスマホを持たない方の片腕だけで、素早く掬《すく》うように抱きとめる。

「大丈夫かい、古幡くん」

訊かれて、

「か、加々見くん……⁉」

雨月は驚く。

がむしゃらな抵抗も容易に抑え込まれ、絶望の中で助けを求めたとき、なぜか脳裏に浮かんだ加々見タケル。どうしてタケルが浮かんだのか、自分でもわからなかったのに、そのタケルが、今、ここにいる。崩れそうな雨月を片腕だけで軽々と支えている。

「……かがみ？」

桐嶺の制服を着ているが、隼斗はその生徒の顔に見覚えもなければ、名前に聞き覚えもなかった。「きみ、本当にうちの生徒なのか？　不法侵入なら警察に、いや、それよりスマホ！　録画を止めろ！　肖像権の侵害だぞ！」

怒鳴りながら、隼斗はじわりと違和感に気づく。

――鍵は？

視線を走らせドアを見る。横開きのドアが半分ほど開いている。――開いてる⁉

「か、鍵は？　どうやって外から開けた？」

　室内からの施錠は廊下側からでも鍵を使えば開けられるが、特別教室の鍵はすべて職員室で管理されている。だから鍵を開けることそのものは不可能ではないが、普段この部屋は、施錠されていないのだ。薬品が保管されている化学準備室や楽器を保管している音楽準備室などを除き、ほとんどの特別教室には鍵はあっても施錠はされない。

　本来は鍵などかかっていないこの部屋の、ついさっき内側から閉めたばかりのこの部屋を、外から鍵で開けたとしたら、どういうことだ？

　そもそもこのタイミングで、ピンポイントでこの教室の鍵を、職員室から借りるとは？

　更に不可解なことには、この生徒に鍵を持っている様子がない。

　隼斗は愕然と、見知らぬ生徒を見詰める。

　――ナンダコレ。

「鍵なんてかかっていませんでしたよ。ドアも少し開いてましたし」

「そんなはずはない！　俺は確かにドアを閉めたし、内側から鍵もかけた！」

　いくら後ろ手だとしても、ドアを閉め、鍵をかけたのは自分だ。その手応えだけでなく施錠時のカチリという音も、はっきりとこの耳で聞いた。「そうだよな、雨月⁉」

　咄嗟に同意を求めたが、

「それを古幡くんに確認するのは、セカンドレイプってのじゃないんですか」

　見知らぬ生徒にぴしゃりと阻まれる。――レイプ？　いや違う。自分たちは付き合っている

恋人同士なのだから、そうじゃない。

　雨月の怯えたような眼差し。どうしてだ雨月？　どうしてそんな目で、俺を見る？

「そんなことより、ご存じないんですか？　教師が生徒に手を出すの犯罪ですよ、千賀先生」

せんがせんせい。

　冷たい響き。

　初対面の大人を相手にした高校生らしからぬ生徒の淡々としたふてぶてしさに、不気味さが弥増《いやま》した。

「犯罪？　とっ、とんでもない。俺と雨月は付き合ってるんだ、恋人同士なんだ」

「たとえ恋人同士だとしても、ダメですよ。通報ものです。青少年保護育成条例や地方公務員法第33条に違反してますし、教育職員免許法第11条第3項や日本国憲法第15条第2項にも抵触する恐れがあります」

　タケルは、レンズを隼斗に向けているスマホの画面に親指をスライドさせると、「警察にかけますね」

「よせっ！」

　隼斗は叫ぶ。

　大人相手に堂々と渡り合っているタケルから勇気を得て、雨月は、タケルのシャツを手の内にくっと握り締めると、

「ち、違う。付き合って、ないし、恋人でも、ない」

震える声で、絞り出すように否定した。

「雨月！」

「なら、犯罪確定ですね。では」

「よせ！　どうして雨月の話だけを鵜呑《うの》みにするんだ」

「俺は千賀先生のことはまったく知りませんが、古幡くんのことは同じクラスで多少は知っているので、信用度の差、でしょうか」

「同じクラス？　もしかして……、二－Ａの編入生か？」

引きこもりでろくに中学すら通っていないはずなのに、難度の高い編入試験で余裕でＡ組のラインを越えてきたと、教職員の間で噂となっていた編入生。隼斗の担当は三年で、学年違いの二年の情報はたいして入ってこないのだが、とんでもない編入生が二学期から二年Ａ組に、という話は耳にしていた。

それが、こいつか。

おまけに法律にまで詳しいとか、なんなんだ、こいつは。

「そうです。二年Ａ組の加々見タケルです。担任の先生の勧めで、夏休み明けの新学期からではなく、今日から登校しています」

「ということは、桐嶺についてあまり知らないようだから教えるが、古幡雨月はただの生徒ではないよ。彼は桐嶺学園の理事長だ。だから俺と雨月の関係は、いうなれば職場恋愛だな」

「桐嶺学園に於《お》いて古幡くんは、生徒であると同時に理事長である、ということですか？」

「ああ、そうだ」

「ですが、未成年です」

「未成年だがこの時間、放課後は、雨月は理事長としての仕事をしているんだ。つまり、放課後は、俺と雨月は同僚として互いに仕事をしているようなものだ。なあ、雨月？」

「だから職場恋愛であり、法律違反ではないと？　ずいぶんと強引な理屈ですね」

「儚そうに見えて、雨月は理事長としての責任を果たすべく努力をしているからな。今朝も、生徒が登校する前に重要な会議を千賀学園長と行ったばかりだ」

千賀学園長の名前が出て、片腕で支えていた雨月がびくりと緊張する。

「なるほど。ただの未成年ではなく、責任ある仕事をしているひとりの人間として、古幡くんは千賀先生と対等である、ということですか」

「対等！　そうだよ！　ようやく理解してくれたようだね」

「ところで、放課後を待たず、わざわざ朝に、理事長と学園長が会議をするのは、よくあることなんですか？」

「滅多にない。重要な議題だからこそ、朝早くに会議を設けたんだ」

初対面の生徒を相手に、どうして自分は気圧されるようにこんなにぺらぺらと内情を喋っているんだ？　まるで後ろめたさを誤魔化すかのように。「古幡雨月理事長に決断してもらわなければならない、大事な案件があったからな」

「理事長と学園長との会議の席に、千賀先生もいらしたんですか？」

「ああ、俺は学園長の息子だからな」

「つまり桐嶺学園のトップ3による会議ということですね」

「……まあ、そうとも言えるかな」

「どんな重要な話を？」

「責任の取り方についてだよ。理事長としての、雨月の身の処し方についてだ」

「トラブル対応ということですね？」

「そうだ」

頷いて、隼斗は、新卒で採用した音楽教諭が無断欠勤し続けていること、穴埋めに臨時の音楽教師を手配していること、離職の処分に伴い新規採用の募集をかけていること、それら一連の学園に不利益をもたらしたことに対し、採用の判を押した最終責任者である理事長としてどう責任を取るのか、雨月は決断を迫られていることなどを話した。──話すつもりなどカケラもなかったのに。

「へえ……」

じっくりと話に耳を傾けていたタケルは、「だとしたら、理事長として責任を取る方法が、ひとつありますよ」

と、切り出した。

「……え？」

雨月はタケルを凝視する。「理事長として、責任を取る方法が……？」

あるのか？　本当に？

「これ以上の不利益を学園にもたらさないためにも、穴埋めの臨時教師を古幡くんの家へ下宿させれば良いのでは？」

「──はあ？」

隼斗が呆れて目を丸くする。「なに、素《す》っ頓狂《とんきょう》なことを」

「緊急措置として臨時教師を雇うのならば、給料以外の交通費の支給はもちろんのこと、場合によってはホテルなどの宿泊費も、学園側で持つんですよね」

「宿泊費を？　なんでそこまで学園《うち》が？」

「通勤が難しい距離だったら、どこかに泊まる必要がありますから」

「それは普通、給料からやり繰りするものだろ」

「話を聞く限り普通の事態ではないですし、千賀先生、ケチると臨時教師なんてみつかりませんよ？　こんなに条件の悪い仕事、進んでやりたがる優秀な音楽の先生がいるとは、とても思えませんから」

「だ、だとしてもだ」

「ですから古幡家への下宿ですよ。それならば、ホテル代どころか、交通費の支出も学園側で持たなくて済みます」

「大概にしろ。おかしな理屈で大人をからかうな」

「ええ？　悪くない案でしょ。新規の音楽教諭が決まるまで、理事長として学園の支出を最低

限に抑えることに協力するんですから。それもひとつの責任の取り方では?」

不利益か、利益。

理事長として、どちらを学園にもたらすのか——。

「……僕は、かまいません」

雨月が口を開く。「千賀学園長が僕に求めている責任の取り方がどのようなものか、僕にはまったくわかりませんが、これが正解ではないとしても、ひとつの方法だと思いました」

「おい雨月! どこの馬の骨とも知らぬ奴を、自宅へ住まわせるというのか?」

「もちろん叔父に相談してからですし、臨時の先生が、桐嶺への通勤が難しい距離に住んでいらしたら、です。もし女の先生だった場合、先生の方から断られるかもしれないですし、蓋《ふた》を開けてみないとわからないことばかりですが」

古幡邸は築数十年の瀟洒《しょうしゃ》な古い木造の洋館で、滅多に泊まりの来客もないので、客室の掃除だけではなく、手入れも必要になるけれど。「使っていない客室がいくつかありますから、無理な話ではないです」

「俺は反対だ。雨月の身に、万が一にも、危険なことがあったらどうするんだ」

「千賀先生が僕にしようとしたようなことですか?」

負けじと言い返した雨月に、

「…………!」

隼斗がぐっと押し黙る。

「条件に合っていても、あまりに素行に問題がありそうな方でしたら、考え直します。ですがひとまずその方向で行かせてください。千賀先生、千賀学園長にそのように伝えていただけますか？　僕は、叔父に伝えます」

「じゃあ、決まりだな」

タケルはにやりと笑い、「千賀先生、うまく学園長を説得してくれよな」

録画中のスマホの画面を、わざと隼斗へちらりと見せた。

「……脅す気か」

「そうですよ」

あっさり認めたタケルは、「脅されるような悪事を働いたこと、じっくり、反省してもらわないと」

「……ちっ」

と、短く舌打ちした隼斗へ、

「言い忘れてましたが、警察に通報するってのは、ただのハッタリじゃないですよ。しかも、俺の伯父《おじ》さん刑事なんで、警察に知り合いもたくさんいます」

こういう使われ方をブンさんは嫌うだろうが、効果てきめんなので、今回は雨月のために利用させてもらう。――高校生は学生じゃなくて生徒だ、などと、法律に則《のっと》った使い分けをいちいち訂正してよこすウルサくて細かいブンさんだが、タケルのようなモノこそ国の決まり事を極力押さえておくべきと、日常的に法律の様々な知識を与えてくれたおかげで、このケースは

確か犯罪だったはず、とスマホで裏取り検索をかけられたし、隼斗を相手に、堂々とハッタリをかますことができた。

「……刑事⁉」

隼斗は驚く。——そうか。身内に警察関係者がいたから、まだ高校生のくせに、生意気にも犯罪に関わる法律にやけに詳しかったのか。

「あと、古幡くんに謝ってください。その上で、二度とあんなことはしないと誓約を」

タケルに要求され、隼斗は複雑な眼差しで雨月を見る。

「……それは、難しいな」

「また古幡くんに乱暴するんですか？」

「そうではないよ！　……そうではなくて」

隼斗はちいさく溜《た》め息を吐く。「そう簡単に、はいそうですか、と、雨月を好きな気持ちを諦められるとは、…………思えないんだ」

「そんなに好きなら、もっと大切にすべきだったのでは？」

もっと大切に？

いや、ずっと、大切にしてきた。

雨月の気持ちを尊重してきたからこそ、今日の今日まで手を出さなかったのだ。

「……まあ、正論だな」

だが、若いな。と、ぼそりと続けて、隼斗は意を決したように雨月に向き直ると、「悪かっ

た。怖い思いをさせて、ごめんな、雨月」

と謝った。

雨月は困惑したように、黙って隼斗を見詰める。

その無言の〝間〟が、隼斗に沁みた。優しい雨月。たいていの出来事は、柔らかく流してくれるのに。

「ははっ、謝って済むなら警察は要らない、……か」

自嘲《じちよう》気味に笑って、ふと、「もしかして、きみ、お稲荷さんの縁日で、品子のクラスメートの小柳真己たちと一緒にいた高校生か？」

と、タケルに訊いた。

黙っていても周囲を圧倒するような、独特の雰囲気を放っていた少年。薄暗くて顔はよく見えなかったが、あの圧を覚えていた。目の前のこの生徒と、よく似た圧を。

「そうです」

「——なるほどね」

隼斗だけでなく、品子も雨月もこの少年の存在感に気圧されていた。そして、あの夜を境に品子の様子が変わった。駐車場での一件で品子の心は一気に雨月に傾いていたが、縁日を境に熱が冷めたようになった。

二年A組、かがみたける。

あの夜、偶然縁日で出会い、偶然雨月と同じクラスになり、偶然、ここに現れた編入生。

「……ったく、おかしな縁だな」

ドアも鍵も開いていたと否定されたが、そんなはずはない。

鍵の謎は解けないままで、不可解さと、なんともいえぬ不気味さに、隼斗は証拠として撮られているスマホの映像に関してはそのままに、特別教室を去ることにした。

廊下に転がっている赤いヨーヨーと紙袋を拾い上げ、お祭りのヨーヨー釣りはこれが最後になるんだろうな、と、苦く噛み締めながら。

スマホにメールが着信する。

クルマを運転中のギイは、ハンドルを握ったまま、中指の腹でととんとハンドルの縁《へり》をダブルタップしてから、

「読み上げてくれ」

と指示を出す。

すると、スマホにも連動している車内ＡＩが立ち上がり、

〔from タケル
やぼ用発生
少し遅れる over〕

中性的な自動音声が、抑揚少なく、メールの内容を読み上げた。

——少しとは？

タケルのことだ、時間がはっきりしていれば数字で送ってくるはずなので、さっきの電話の後で、なにか時間の先読みが難しい事態に巻き込まれたのかもしれない。ランチにはまだ早いけれど、時間調整も兼ねて、どこかで軽く腹になにか入れていこうか。タケルと合流したあとで、しっかりめのランチを摂るとしよう。

この界隈《かいわい》で気軽に立ち寄れそうな店を探すべく、車内ＡＩに指示を出そうとしたとき、またしてもメールが届いた。

素早くハンドルをダブルタップし、

「読み上げてくれ」

再び指示を出すと、

〔from タケル

桐嶺が丘

桐嶺学園の隣

古幡邸に来てくれ over〕

——古幡邸？

「って、あの古幡雨月の家、だよな？」

タケルが、関わらないと固く決意している、運命の相手。

そこにギイを呼ぶとは？

いくら兄孝行とはいえ、桐嶺学園に入るという、とんでもない選択をしたタケル。古幡雨月と接点が増える可能性に言及したギイに、

『それに関しては、まあ、うまくやるさ』

などと呑気に返していたくせに、舌の根も乾かぬうちに、あいつ、いったいなにをやってるんだ？

あまりに意味不明な急展開に、ギイは経緯を知りたくてタケルに電話をかけようとしたが、メールを送ってきたということは、今は電話ができないという意味でもあるので、古幡邸での合流を（ちなみに、中で？　それとも、外で？　の確認を含めて）了解した旨のメールを返信してから、カーナビの行く先を桐嶺が丘に変更した。

廊下を去る隼斗の足音が聞こえなくなっても、雨月の左手はタケルのシャツの背中をぎゅっと握りしめたままだった。雨月の視線はぴたりと、半分ほど開いている特別教室のドアに釘付《くぎづ》けにされている。

まるで、いつなんどき隼斗が戻ってきやしないかと、警戒しているようで。

もう大丈夫だよ。そんなに怖がらなくても大丈夫だよ。――雨月の不安ごと両腕できつく抱

きしめたくて、タケルは己の衝動と闘っていた。

　あんな男の好き勝手を許すために、あの夜、雨月を助けたわけじゃない。――あれが雨月とは知らずに駆けつけたが、飲みかけた薬を吐き出してしまうほどの激しい心臓発作の苦しみでのたうちまわっていた雨月に、二度と吐き出させないよう口移しで薬を飲ませ、どうにか一命を取り留めさせたのは、雨月に生きて、しあわせになってもらいたいからだ。

　俺が二度とあんなヤツに手出しをさせない。――伝えたい。伝えてはいけない。

『果たして思惑どおりに行くのかな？　別の国どころか違う星に生まれても、巡り合ってしまいそうなのに？』

　うるせーぞ、ギイ。

　脳内の崎義一に悪態を吐くものの、タケルは、自分のシャツを握りしめる雨月の手を払い除けることができずにいた。雨月との距離を縮めてはいけないのに、たいして重さのない、けれどちゃんと温かい（ああ、生きてる）雨月の体を片腕で軽々と支えたまま、どう動くのが正解かわからず、じっと身動きが取れずにいた。

　警戒して緊張の糸を緩めない雨月へ、

「……なあ」

　タケルはぼそりと話しかける。「祭りのヨーヨー、好きなのか？」

　隼斗が回収していった、紙袋ごと落ちて廊下に転がり出た、赤いヨーヨー。

　雨月は、隼斗に警戒していただけでなく、特別教室にタケルとふたりきりという状況にも、

緊張していた。

タケルに訊かれて、自分のことを質問されるなど考えもしなかった雨月は、つい、びくりと身を竦ませる。——左手はしっかりと、タケルのシャツの背中を握りしめたまま。

いつまでもお祭りのヨーヨーを欲しがるなんて、

「こ、子ども、じみてるかな」

そう思われていたら、ちょっと恥ずかしい。「赤いヨーヨーが、ちいさい頃から、すごく好きで」

タケルに関心を持ってもらえるとは微塵《みじん》も予想していなくて、だからこそ、恥ずかしくてもきちんと答えたかった。


雨月は正直に答えた。

「へえ……？」

赤いヨーヨーを？

なんで？

タケルには不可解だった。


『で、なにが欲しい？』

『え？』

『言えよ。ひとつだけなら、明日俺が見舞いの品として買ってきてやる』

だから、祭りに行くのは我慢しろ。

タケルからの申し出に、その優しさに、秋彦はそっと息を呑み。

『ヨーヨーがいいな』

『って、中に水の入ってる？』

『そう、それの、赤いの』

『そんなんでいいのか？』

『明日は、暗くなってから花火が上がるんだ。ここからも、見えるから』

虚弱体質で、夏の暑さにすら命を削る。

床から離れられなかった秋彦の、切なる望み。

『会いたいんだ。――好きなんだ』

……タケル。


なぜだ？　魂の記憶が引き継がれることなどあり得ないのに、どうして雨月が赤いヨーヨーにこだわる？

「ヨーヨーに限らず、赤いものが好きなのか？」

秋彦が好きだった曼珠沙華《まんじゅしゃげ》。縁起が悪いと周囲から眉を顰《ひそ》められても、頑として〝好き〟を譲らなかった、花火のような深紅の花。「たとえば、赤い薔薇《ばら》、とか？」

タケルの問いに、

「……どう、かな？　そんな、でも、ない、かな」

雨月は曖昧に答える。

タケルとふたりきりという状況に、頭がうまく働かない。言葉もスムーズに出てこない。

薔薇は何色でも好きだけれど、他の花に比べて特別に好きなわけではないし、赤いヨーヨーと並べては語れない。

タケルとささやかな会話を交わす中で、膝が震え、今にも崩れそうにふわふわと頼りなかった雨月の両足が、しっかりと特別教室の床の上に立ち始める。それと同時に、雨月の全身の強ばりもゆっくりと解けていった。だが、タケルのシャツの背中を握りしめる左手だけは変わらずだった。

なにより雨月は、タケルの腕の中で身じろぎをしなかった。雨月を支えるために腰の辺りに回されていたタケルの腕をほどこうとすることも、離れようとも、しなかった。

雨月は、どうしていいか、わからなかったのだ。

もし僅かでも動いたら、均衡が崩れる。タケルの支えを失ってしまう。少しでも長くタケルの腕に支えられていたかった。——もうその必要はなかったのに。

ついさっきまであんなに怖い思いをしていたのに、右腕だけで軽々と雨月を支えるタケルの逞しさに、タケルに寄りかかる自分の、タケルに触れている部分に、すべての意識が集まってしまう。自分とは明らかに異なるタケルの弾力のある筋肉や、布越しの温《ぬく》もりや、うっすらとした汗の湿り気が。

どうにか誤魔化したいのに。

タケルにそうと気づかれたくないのに。

ほぼ初対面の大人を相手に一歩も引かなかったタケル。それどころか凌駕《りょうが》した頼もしさに、雨月は憧れを抱く。

……ああ、友だちに、なれたらな。

『古幡と話が合うかもしれないぞ』

担任の言葉。

『なんつーか、対等に？　古幡とも向き合うんじゃないか、とね』

そうだったらどんなに良いか。

担任が作ってくれた打ち解けるきっかけを活《い》かすことこそできなかったが、結果的にふたりはここで一緒にいる。

加々見タケルと友だちになりたい。——でも、どうすれば？

それより、なにより、先ずはお礼を言わなければ。

二年A組の教室でふとタケルを思い浮かべたとき、編入生としてタケルが現れ、隼斗から逃れたくて必死に助けを求めたときなぜかタケルが心に浮かび、そうしたら、本人がどこからともなく現れて、見事なまでの鮮やかさで雨月を助けてくれた。

まるで奇跡のような、こんなことが、一日に二度も立て続けに起きるものだろうか？

信じられないほどの不思議な縁。もうそれだけで、雨月にとってタケルは充分に特別で。けれど、それをタケルに伝えても良いものだろうか？

雨月のことを、思い込みの激しいおかしい奴だと、気味悪がられてしまいやしないか？

おまけにタケルは、理事長として自分にできる責任の取り方について、まったく策を思いつけずにいた雨月へ、ひょっこりとアイデアを提供してくれたのだ。

心が惹かれてならない。

――だから雨月は気づかぬふりをする。

奇跡というか、奇妙というか……？

隼斗が特別教室のドアを後ろ手で閉め、鍵をかけたことを、雨月は覚えている。鍵のかかったときのカチリという音は、雨月の中で絶望の音となって冷たく響いたのだから。

不意に現れたタケルに驚愕した隼斗。それは、雨月も同じである。

その不可解さ。

尋常ではなかった隼斗。だから、もしかしたら実際には、隼斗はドアを閉め損ない、鍵もかけ損なっていたのかもしれない。――考えにくいけれど。

どんなトリックが使われたのかはわからない。だが、おかげで雨月は助かったのだ。

「……さ、さっきは、ありがとう」

助けてくれて。そして、下宿の提案までしてくれて。

緊張のあまり言葉数の少ない雨月に、

「礼とかいいって」

タケルは朗らかに返す。「教室で言ったように、校内を好き勝手、あっちこっち見て回って

て、やけに辺鄙《へんぴ》な、薄暗くて人気のない教室ばかりのところに来ちまったなって、ちょっとびびってたんだよ。で、結果的にこうなったと。タイミングが良かっただけだからさ」

「……タイミング？」

「ってか、どうにか助けられたのはスマホのおかげだな。ハッタリにも使えたし」

タケルは手にしたスマホをひらひらさせて、「便利だよな、スマホ」

と、笑った。

動画を撮るのも、法律を検索するのも、指先ひとつだ。

高校の入学（編入？）祝いとして陽介が早々に（なんと、お稲荷さんの祭りの翌日に）いそいそとプレゼントしてくれたものだが、スマホなど使わずとも、必要とあればメールの文章くらい念じるだけでささっと送れるタケルとしては無用の長物とも思ったが、いちいち能力を使わずとも意思の疎通ができるツールとして、その便利さがクセになりそうだった。

「……うん」

ちいさく同意したきり、雨月は俯いてしまった。

タケルともっと話したいのに、気持ちばかりが忙しないほど大きく膨らみ、言葉がまったく追いつかない。

ぷつりと会話が途切れ、しばしの沈黙のあと、

「……暑くない？」

またしても、ぼそりとタケルが訊いた。

使用される各教室にはエアコンが効いていたが、全館空調でどの部屋も涼しいということはなく、今日は使用される予定のないこの特別教室も、カーテンが引かれているとはいえ、昼に向けて室内は徐々に蒸し暑くなり始めていた。

雨月は返答に詰まる。

とっくに体は熱かった。

タケルの腕の中にいて、落ち着きを取り戻すほどに頬はどんどんと熱くなり、今やまともにタケルの顔が見られないほどだった。

どうすればいいのだろう？

タケルとずっとこうしていたいと願ってしまう、この気持ちを、自分はいったい、どうすればいいのだろう……？

無意識に心臓の辺り、胸に右の手のひらを当てる。

「……胸、苦しいのか？」

はっとするほど優しい声で心配されて、雨月は咄嗟にタケルを見上げる。

目と目が合う。――心を見透かされてしまいそうで、雨月は隠れるように目線を下げた。

視線を外されて、タケルはどきりとする。

『――果たして思惑どおりに行くのかな？』

うるせーっつってんだろ、ギイ！

タケルは脳内のギイを振り払う。

ほんの少し右腕に力を入れて引き寄せれば、簡単に雨月をこの胸に抱ける。両腕でしっかりと抱きしめることもできる。雨月がそれを望んでいるかはわからないが、雨月は頑なに、タケルのシャツから左手を放さない。

始めるわけにはいかないのに。

『果たして思惑どおりに行くのかな？』

からかうなよ、ギイ。

いや、既に、始まってしまっているのか……？

今度こそ、俺は、きみに、長く生きてほしいのに。

目と目が合った瞬間に、きみに見透かされやしなかったか？　俺がどんなに――。

「苦、しくは、ない、です」

俯きがちに雨月が答える。「これ、癖、みたいなもの、で。だから、大丈夫です」

右手を胸に当てたまま。癖というより、まじないかお守りのように。

『別の国どころか違う星に生まれても、巡り合ってしまいそうなのに？』

ああ、そうだよ、ギイ。

どうしたって俺は、こいつに惹かれる。

――嫌だ。助けて。誰か。誰か。……加々見くん……っ！

名前を呼ばれて、瞬時にここへきた。

雨月がタケルに助けを求めたから。――そうか、もう、始まっていたのか。

ほんの少しだけ右腕に力を込めると、引き寄せてもいないのに、雨月がすとんと、タケルの胸に落ちてきた。

百年も昔から抱き合っていたかのように、しっくりと収まる華奢な雨月を、タケルは両腕ですっぽりと包み込む。鼻に届く雨月の柔らかな髪のシャンプーの残り香と、柔軟剤を使わずに洗濯されている清潔そうなシャツの匂い。

タケルのシャツの背中を握りしめる雨月の左手はそのままに、右手も背中に回す。顔を埋《うず》めた鎖骨の辺り、タケルのシャツからは、彼の小麦色の肌によく似合う、夏のお陽様に照らされた干したての布団のような良い匂いがした。

お互いをじっと抱きしめ合ったまま、どれほどの間、そうしていたのか。

「なあ？　もしかして、俺に一目惚れ？」

からかうように訊くと、雨月はこくりと頷き、

「できれば、友だちになりたいな、って、思ってました」

正直に告白する。

「じゃあ、友だちから始める？」

「友だちにもなりたい、です」

「なら、俺たち、今から友だちな」

タケルはにっかりと笑い、「友だちだけど、デートする？」

「え？」

きょとんと顔を上げた雨月に、

「家まで送るよ。もう今日は、帰った方がいいだろ？」

裾の乱れた雨月のシャツ、二度と隼斗に手は出させないとしても、あんなダメージを受けた雨月に、この後、ひとりで校内を回らせたくない。ひとりにさせたくないだけでなく、心臓に不必要な負担をかけているはずだ。

今日はもう、家へ帰らせて休ませたい。

「……家まで？」

デート？

ときめきで、雨月は頬がぱっと一気に熱くなるのを感じた。

「家に誰かいる？　ひとりにしておくの心配だし」

「叔父が、います。うち、両親が亡くなってて、叔父とふたり暮らしなので」

「……へえ」

タケルは頷いて、「おじさんって、どんな人？」

「どんな……？」

雨月は少し考えて、「石橋を叩いて渡るような、慎重な人、です」

「仕事は？　もう定年退職してる歳？」

「ぜんぜんっ！　良造叔父さんは父の弟で、父とはかなり歳が離れてて、仕事は、――仕事を辞めて、うちに入ってくれたので。僕を育てるために。それまで離れて暮らしてて、遠くて、

ほとんど会ったこともなくて、今は、家のこととかしてて、あと、僕の病気のせいで手がかかるから、外に働きに行ってはない、です」

　資産家である古幡家の不労所得や生活費などの金銭面に関しても、叔父が管理してくれていた。雨月を子ども扱いせず、ひとつひとつ説明を加えて。

「それまで滅多に会ったこともなかったのに、兄の忘れ形見を育てるために、仕事を辞めて、家に入ってくれたのか？」

「……そうです」

「すげ」

　タケルは心から感嘆する。「なんて潔いんだ」

「……潔い」

　雨月はぽつりと繰り返す。「……僕は、迷惑、かけてばかりなので。叔父に、苦労をかけてばかり、なので」

　犠牲、という言葉が口から衝《つ》いて出そうになって、切なくて、雨月は急いで引っ込めた。良造の潔い決断に報いられるようなことを、ひとつも返せていない。

「迷惑だったり苦労だったり、よしんばそうだとしても、石橋を叩いて渡るような慎重な人が決断して、一緒に暮らしてるんだろ？　だったらそんなの、想定内だよ」

「……想像以上に、苦労、かけてるかも、しれないし」

「俺のところは、俺と兄のふたり暮らしで、かなり前に両親は亡くなってるんだ」

「――え？」

「若くして俺を育てるために頑張って仕事して、家事もして、おまけに俺は引きこもりで、心配もかけてて？　だからまあ、どこのうちも大なり小なり、そんな感じじゃね？」

「そう、かな」

「そうさ」

タケルはからりと笑って、「俺が桐嶺に入ることにしたのは、兄孝行だし。――学費で苦労かけるけど、本人に言わせれば、働く張り合いだそうだから」

「……張り合い？」

「面倒見てもらってありがたいけど、そのかわり、めっちゃくちゃ心配性で、めっちゃくちゃ口ウルサイからな」

「そうなんだ？」

雨月がふふふとちいさく笑う。

「うちの兄貴は口べたな営業なんだけど、叔父さんって、前はなんの仕事してたの？」

「え？　……なんだろう。聞いたことなかった」

良造は雨月のことを気にかけてばかりで、まったく自分の話をしなかったし、雨月は雨月で自分のことで手一杯で、それが日常だったので。

――おじさんって、どんな人？

タケルの問い。

家事が上手で、努力家で、頭の良い叔父。それは確かにそうなのだが、雨月はたぶん叔父のことを、なんにも知らない。

わかっているのは、叔父に、この上なく愛情をかけて育ててもらっていることくらいだ。

「叔父さん、結婚は？　付き合ってる人、いないの？」

「……いない、と、思う。でもっ、結婚はして欲しくて。僕のせいで、独身のまま、とか、嫌だから」

「……わかる。俺も。兄貴にはさっさと結婚してもらいたい」

「えっ？」

「本人に言っても、こっちを子ども扱いして、まともに聞きやしないから、内心ずーっとそう思ってるって話だけどな」

「……僕も。誰にも話したことないけど、僕も、そう思ってる」

「なんか、似てるな、俺たち。びっくりだ」

「うん」

こくりと頷く雨月に、そのあどけなさに、タケルはたまらなくなる。

高校二年生なんて、子どもだもんな。誕生日を迎えてないから、まだたったの十六歳だ。

「もう歩けそう？」

「あ、はい、大丈夫です」

「そうだ、ついでというか、通りすがりに校内の案内してくれよ。あそこはなになに、あっち

はなになって指さしだけでかまわないから」

「……迷惑じゃ、ない、なら」

「なんで迷惑？　むしろ助かるけど」

「教室で、そういう雰囲気、だったから」

「ああ！　あのときは、自分で好き勝手に見て回りたい気分だったからさ。今は、雨月に案内してもらいたい気分」

「……うん」

頷いて、雨月はがばりと顔を上げる。――今、名前、呼び捨てだった⁉

顔を真っ赤にしてタケルをガン見する雨月へ、我が意を得たりとばかり、

「〝古幡くん〟のままが良かった？」

訊くと、雨月は慌てて首を横に振り、

「呼び捨てでいい、よ、タ、タケルくん」

「いやいやいや、そこは〝タケルくん〟じゃなくて〝タケル〟でしょ」

「よ、呼び捨て……、したこと、なくて」

雨月には、そこまで仲の良い友人がいたことがなかったから。

「じゃあ俺が、初めての呼び捨て？」

タケルが顔を覗き込んでくる。

あまりの近さに一瞬、びくりとしたけれど、雨月は後ろへ引かなかった。

鼻先と鼻先が今にも触れそうで、……近さに耐え切れず、雨月はたまらず目を閉じた。それがキスを誘うことになるとは、思いもせずに。

桐嶺が丘にある坂道は、ふもとの一般道から上がってきて、途中から、右は高校、左は私有地（古幡邸）と二手に分かれていた。

ギイはもちろんハンドルを左へ切る。

舗装はされているものの、クルマが二台すれ違うのがやっとな道幅の、けっこうな勾配《こうばい》のある上り坂を、対向車も後続車もなくするすると進んでゆく。

丘と呼ばれているが実際は、樹木の多い小山である。鬱蒼とした木々に両脇を挟まれた長くくねった上り坂の勾配が、ようやく終わったなと思ったら、同時に林道も抜けており、視界が清々しいほどにぱあっと開けた。見通しも見晴らしも良い丘の頂上。

瀟洒な古い木造の洋館が目に入る。

あれが古幡邸か。

洋館の奥、背の高いフェンスを隔てた先に、いくつかの校舎がある。

あれが桐嶺学園か。

さて、待ち合わせた古幡邸まで来たはいいものの、周囲にタケルの姿はなく、まさかと思う

が屋敷の中か？　それとも早く着き過ぎたか？　果たして古幡邸を訪ねて良いのか？　等と、逡巡《しゅんじゅん》しつつ停めたクルマから下りて屋敷の周辺をそぞろ歩きしていたときだった。

「うちに、なにか御用ですか」

不機嫌に近いやや警戒を含んだ声音で、どこからか男に問い掛けられた。

声のした方を感覚で探しつつ、

「こんにちは。ここは古幡さんのお宅ですか？」

ギイはにこやかに質問する。

「そうですが――」

と、庭の樹木の陰から現れた男が、明らかにギイを見て動揺した。――ギイがたまに目にするリアクションである。「……そうですが、なにか？」

動揺しながら、男は訝《いぶか》しげにギイを眺める。

「待ち合わせにここを指定されたんですが、どうやら、まだのようですね」

「――待ち合わせ？　雨月とですか？」

男が驚く。

「いや、雨月くんとではなく――」

言いかけたとき、学園とを隔てるフェンスの向こうから、ふたりの高校生が、楽しそうに、お喋りしながらこちらにやって来るのが見えた。

タケルと雨月だ。

ギイの視線に釣られるように男もフェンスの方を見て、ますます驚いた表情になる。

「叔父さん！　ただいま帰りました！」

明るい挨拶。明るい表情。

ギイは、祭りで見かけた儚げな風情とは打って変わった雨月の様子に、タケルへこっそりと思わせ振りな視線を向けた。

なあんだ、やっぱり、まとまったんじゃないか。

うるせーぞ、と、タケルも黙って目で返す。

雨月はギイに気づくと、ギイを見て、驚きのあまり足を止めた。

すっかり見慣れているタケルにはまったく効果はないが、初対面の崎義一の美貌は、いっそ美の暴力である。プロポーションの良さに加えて、抜群の服装の着こなしセンスも、彼がタダモノではないと直感させる。

「あっ、すみません。良造叔父さんのお客様ですよね。いらっしゃいませ」

動揺しつつも、雨月は丁寧に頭を下げる。

「なに、雨月の客ではないのか？」

良造が訊き返した。そして良造の関心は、ギイだけでなくタケルにも向けられた。「雨月、この生徒は？」

在校生全員の顔を知っているわけではないが、桐嶺の制服は着ているものの、この少年からはまったく桐嶺らしさが感じられなかった。

「うちのクラスに編入してきた、加々見タケルくんです」

雨月は良造にタケルを紹介すると、タケルへは、「一緒に暮らしている良造叔父さんです」

と、良造を紹介する。

タケルは良造にぺこりと頭を下げると、

「加々見タケルです。今日が登校初日で、雨月くんにあちこち案内してもらっていました」

はきはきと挨拶した。

「今日が初日」

道理で、らしさがないわけだ。納得したものの良造は、「それにしても、珍しいことがあるものだ。雨月が生徒を家へ連れてくるとは」

雨月が部活動に入らないこととほぼ同じ理由で、理事長になってからの雨月は誰も家へ招かなかった。招くほど親しい友人がいる、いない、に拘《かかわ》らず。

理事長の雨月には力がある、と、生徒たちから思われていた。決定権とか発言力とかの強い力が。そこから派生する影響力。要するに、雨月のいるところには優遇という名の〝贔屓《ひいき》〟が存在する、と。

雨月が所属する部活は当然優遇されるし、雨月が家へ招いたとなれば、あの生徒は特別なのだと他の生徒たちから一目置かれる。

事実など呆気《あっけ》なく置き去りにされ、思い込みが席巻《せっけん》する。

だから、要らぬ誤解を招かないよう、雨月は、避ける道を選んでいた。

神経質なほど配慮し続ける雨月に、そんなことまで気にする必要はないと常々良造は伝えていたが、強制はできなかった。生徒たちの中に存るのは雨月であって、良造ではない。居心地という環境、それは、良造がどうこうできる類《たぐ》いのものではないのである。

その雨月が、生徒を家へ連れてきた。それも、たいそう楽しそうに。

「加々見くんに、家まで送ってもらったんです」

雨月のセリフに良造が敏感に反応する。

「送ってもらった？　雨月、具合が悪いのか？」

良造は素早く雨月の額に手を当てて、「少し、熱っぽいな」

確認すると、肩を抱いて家へ入らせようとする。

叔父というより、父親のようだな、と、タケルは思った。——父親にしては、良造はかなり若い。雨月の父と弟の良造は、本当に、かなり年の離れた兄弟だったのだな。

「熱っぽいのは暑い中を歩いてきたからだよ。冷たい物を飲めば大丈夫だよ。叔父さん、加々見くんにも、なにか飲み物を」

「ああ、わかった。それより雨月、本当に大丈夫か？　無理してないか？」

重ねて訊く良造へ、雨月はこくりと大きく頷き、

「無理してないよ。ゆっくり歩いてきたし」

「……そうか」

良造はようやくほっとして、「どうぞ、上がってください」

タケルを玄関へ促した。

そして、彼らのやり取りをにこにこしながら眺めていたギイへも、

「よろしければ、どうぞ。狭い家ですし、たいしたおもてなしはできませんが」

と、誘った。

ギイはぽかんと、良造を見る。

大きなお世話かもしれないが、自己紹介すらしていない身元不明の自分を、ここで待ち合わせている相手の確認もまだ受けていないのに、家へ上げてしまって良いのだろうか？

それに、この洋館は充分に広い。

狭い家などとへりくだる必要が、いったいどこに？

ふらりと入ったレストランで、予約の必要な良い席に案内されがちなギイである。外見だけで判断され、好待遇を受けることもままあることで。

だがこれは、それらとは、違う印象を受けた。

しかも、おもてなしと、良造は言った。

そんな必要も、ないのである。

のだが、

「では、お言葉に甘えて」

ギイは遠慮なく、古幡邸にお邪魔することにした。

託生のための情報収集に来ているのだ。頼みもしないのに古幡家の人々と話ができるとか、

願ったり叶ったりではないか。

「――どういうこと？」

託生はまったく話に（内容のトンデモなさもだが）、主に展開の早さについていけない。

すべての用事を済ませて帰宅した託生は、ギイがまだ帰宅していなかったので、井上教授とのランチのお礼の意味も込め（ギイに頼まれたので支払いこそ託生が立て替えたが、憧れの人とふたりきりで素晴らしいランチをいただく機会など、望んでも叶わないことなので）、ギイが数日前から食べたがっていた激辛麻婆豆腐《マーボーどうふ》を作ることにした。

できあがり直前のタイミングで帰宅したギイは、激辛麻婆豆腐にテンション爆上がりで、シャワーを浴びてさっぱりしてから嬉々《きき》として託生がセットした食卓に着き、もりもり食事をしながら事と次第をさくさくっと説明した。

結論としては、

「桐嶺学園の仕事、オレは応援するぜ」

というありがたいものなのだが、経緯が、なんとも、急展開で。

なにより、

「期間中、ぼくは理事長さんの家に下宿するのかい？」

見ず知らずの、しかも立場ある人の家に下宿？　そんな緊張モノの、けっこうなオオゴトをこんなにあっさり、「決めてきちゃったって、どういうこと？」

「きちゃったっていうか、今回の件を託生が引き受けるなら、学園に隣接している理事長邸の一室を提供しますよ、って話。通勤に便利だろ？」

「便利ってレベルじゃないけど、隣接してるって、どれくらい？」

「フェンスを挟んで、学園と理事長邸が、あっちとこっち。徒歩、一跨《ひとまた》ぎ」

「……そう」

「さっき説明したように、そんなこんなで下宿代はかからない」

「それが交渉材料なのはともかくとして、ぼくとしては、むしろ下宿代を払いたいんだけど」

その方が託生としてはいくらか気が楽である。——無料《タダ》は重い。

「気にするのはわかるけど、ここはご厚意に甘えておけよ」

「……でも」

「まあまあ。託生のハードルを下げるために、オレも下宿することにしたからさ」

「え？」

「客室がいくつかあるから、好きな部屋を使っていいってさ」

「え、ごめん、わけがわからない。どうしてギイが？」

「オレが一緒の方が託生も心強いだろ？」

「それはそうだけど、……おかしくない？」

「託生の作ってくれた激辛麻婆豆腐、マジ旨《うま》い。ありがとうな」

「うん」

誉められて、託生は嬉しくなる。「いや、じゃなくて」

「ただ さ、建物全体がそこそこ老朽化してて、客室に至ってはもうずーっと使われてなかったから、ちょっとした修繕が必要なんだけどな」

「今回のために、わざわざ直してくれるってこと?」

「それ、オレがやりたいって立候補しておいた」

「ギイが?」

「章三《しょうぞう》んとこの設計事務所に頼んで、手伝ってもらおうかと思ってる」

「赤池くんの勤め先に? いや、赤池くんに頼むのは別にいいんだけど、どうしてギイに、そこまでする必要が?」

「ん? やりたいから?」

ご機嫌に返したギイに、託生は二の句が継げない。

「……ますます、わけがわからない」

「理事長ってのが、さっき話した古幡雨月くんっていうんだけどさ、まだ高校二年生で、後見的なサポートをしているのがその子の叔父で、古幡良造って名前なんだけど、本当の名前は壺《つぼ》浦《うら》良造っていうんだ」

「つぼうら? あれ? 父親の弟って、さっき」

「次男だったから、赤ん坊のときに養子に出されてるんだ。古幡の家系の本家の壺浦家へ」

「本家？　由緒ある家柄ってこと？」

「そう、とてもな。しかも彼は、オレとは既知の仲だった」

「……え？」

「おっかしいと思ったんだよなあ、初対面のはずなのに、やけにオレに好意的だったから。オレは知らなかったけど、向こうはオレを知ってたんだ。だが、実はと打ち明けられた壺浦の名字でわかったよ。彼は日本の大学を卒業後に留学した先のカリフォルニアで、オレが立ち上げたベンチャー企業で在学中にインターンとして出入りしてて、卒業後の本採用のタイミングで兄が亡くなり、ひとり残された、それまでほとんど面識のなかった身寄りのない幼い甥を放っておけずに、日本に帰国して、彼を育てることにしたんだよ」

「じゃあギイは、壺浦さんの名前だけは、知ってたってこと？」

「直接会ったことはないけどな。インターンにしろ本採用にしろ、それらは現地のスタッフの裁量だが、応募者全員のプロフィールの書類と顔写真は、オレも目を通していたからな」

「なら、突然ギイが現れて、さぞや驚いただろうね」

今回のケースなど氷山の一角で、ギイは知らなくても、ギイを知っている人は、とてつもなくたくさんいた。能力云々もあるけれど、シンプルに外見のせいということもある。祠堂で学んでいた頃は地元の女子高生たちにとってはまさにそれで、一目見たら永遠に忘れられないほどの威力あるルックスをしているギイは、学校の枠を越えて地域でも有名だった。

「まあな。オレと仕事ができるのを、楽しみにしてくれていたそうだからな」

ギイが満更でもなく笑う。「風の噂に、オレがすべての事業をリタイアして日本にきているらしいとは耳にしていたんだそうだ。同じ日本にいたら、ひょっこり、偶然、ン垓《がい》分の一の確率で会うこともあるかもしれないな（つまり、限りなく無い）と思っていたそうだが、なんと本採用を辞退して帰国した数年後に、オレが家を訪ねてきたという」

「ウソみたいな話だね……！」

だが、ギイのまわりにはそういうミラクルが起きがちだ。託生も幾度となくその当事者に、その恩恵に与《あず》かっている。……そうか。壺浦さんにとってのギイは、ぼくにとっての井上教授なんだ。

「しかも、諦めてはいないらしい」

「諦めてないって、なにを？」

「本採用は辞退したが、事情が事情なので、会社側が辞退を保留にしてくれているそうだ」

「……つまり？」

「まあ、とはいえ口約束で契約書があるわけではないんだが、いつか一緒に仕事をしましょうと、会社はウエルカムですよ、と、そういうこと」

「じゃあ、いつか壺浦さんはカリフォルニアの会社に入るってこと？　つまり、ものすごく、優秀な人材ってこと？」

「だな」

ギイはまた笑うと、「それと、人柄？」

「人柄？」

「とはいえ雨月くんはまだ高校二年生だし、理事長としてひとりでしっかりやっていける状態になるまで、この先、何年かかるかわからないけどな」

「……ふうん」

託生は曖昧に頷いて、「ぼくが高校二年の夏といえば、井上教授の別荘に招待していただいて、サロンコンサートで、井上教授とパッヘルベルのカノンを連奏したんだよな」

託生にとっての高校二年の一年間は、大袈裟でなく、人生に於いて最大のターニングポイントだった。

ギイと学生寮の同室になったこと。

ギイに告白されたこと。

ギイがストラディバリウスを託生に与えてくれたこと。

ギイとの関係をきっかけにして、それまで遠い存在だった同級生が、ひとり、またひとりと友達になった。

孤立しがちな自分が、自然と人の輪の中にいられるようになった。

「お。託生、懐かしい話するじゃん」

「……ぼくなら、潰れてしまったかもしれないな」

思い返しても当時の自分は幼くて、なにも知らず、わかっておらず、ただただ受け身の子ど

もだった。がむしゃらに前に進もうともがき続け、まわりを気遣う余裕はほとんどなくて、どこまでも自分のことで手一杯だった。もし仮に、そんな自分が、理事長などという立場を背負わされていたら——？

「潰れる？　なにが？」

「想像してみたんだ。あの頃の自分に理事長なんて、そういう責任ある立場に就くとか、到底無理だよ」

　いや、自分だけではない。どんな高校二年生でも、その肩書きは重過ぎる。「すごいね、雨月くんは。優秀な叔父さんがついてくれているとしても、……すごいな」

　しかも、今日や昨日の話ではない。もっと幼い頃に、彼は理事長という肩書きを背負うことになったという。

「確かにな。雨月くんは、すごいな」

　同意しつつ、「それはそれとして、託生にはあの頃、オレがいただろ？」

　しれっとギイが自分を売り込む。

「うん」

　託生は素直に頷いた。「ギイがいてくれたから、ぼくは、サロンコンサートで演奏をするプレッシャーを、どうにか乗り越えることができたよ」

　それだけじゃない。バイオリンから離れていた託生を、二度と手にすることはないと思っていたバイオリンの元へ、音楽の道へ、引き戻してくれたのもギイだ。

「頑張ったもんな、託生。――かくいうオレも、託生がいたから、これまで頑張ってこられたんだけどな」

「えっ？　そうなの？」

「そうさ」

託生に支えられ、励まされ、勇気をもらった。「みんな、誰かに支えられて、踏ん張ってるってことかもな」

「……うん」

「せっかくだから、短い期間だが、オレたちも頑張ってる雨月くんの支えになれるといいな」

「なれたらいいけど、ぼくになにができるのかな……？」

「先ずは、しっかり音楽の先生をやることと、話し相手？」

「――ぼく？」

「そう。託生」

託生は相手の中に〝光〟を見つける。「雨月くんの、よき話し相手になってやってくれよ」

「良造さん、オレ、コーヒー淹れるんで」

「お願いします義一さん。では、私はスクランブルエッグを作ります」

朝から活気溢れる古幡家の広いキッチン。まだ夏休み中なので、学校が始まらぬ今のうちに朝のルーティンを安定させる。

長期休暇であろうと規則正しい生活を、が古幡家のモットーであり、毎朝の決まった時間にダイニングのテーブルにて、揃って朝食をいただく。叔父と甥のその席に、数日前から、託生と、託生の下宿に便乗してゲストルームをひとつ使わせてもらうことになったギイが、加わっていた。

二人が四人になったのでいろいろと勝手が変わったが、最大の変化は、良造がひとりで作っていた朝食をギイも一緒に作るようになったことだ。

「おはようございます、なにか手伝うことはありますか?」

朝食だけでなく、昼食も夕食も、可能な限りギイは料理に参加する。実に楽しげに。

部活動の顧問として登校するための身支度を整えて階下に下りてきた託生が、ダイニングから、続きのキッチンにいるギイたちへ問いかけると、

「おはようございます、葉山先生。でしたら、冷蔵庫で冷やしているサラダを、テーブルまで運んでもらっても良いですか?」

手早くフライパンを動かしてスクランブルエッグを作りながら、良造が頼んだ。

「わかりました」

託生はシンクで手を洗い、冷蔵庫の前に立つ。と、すすすと近寄ってきたギイが、さっと扉を開け、

「おはよ、託生。ドレッシングも頼むな」

素早く頰へキスして、すっと去る。

「————！」

どっと赤面して窘《たしな》めるようにギイを振り返ると、ストローのように注ぎ口の細いケトルを手にしたギイは、耐熱ガラスのコーヒーサーバーにセットされた人数分の挽《ひ》きたてのコーヒー豆を入れたネルに（コーヒーには一家言あるギイが、ご自慢の品を古幡家に持ち込んだのだ）真剣な表情でお湯を落とし始めていた。

一方良造はスクランブルエッグ作りに集中していて、こちらの様子に気づかない。

ダイニングテーブルにまだ雨月の姿はなく、誰にも見られてないとはいえ、

「……まずいぞ、ギイ、浮かれてる」

機嫌が良いのは大変よろしいことなのだが、我が家に居るのと同じ調子で朝のキスとか、さすがに風紀を乱しそうなので、ギイには節制を求めねばなるまい。

バターたっぷりのスクランブルエッグの甘い匂いと、コーヒーの香ばしい匂い。

「それにしても良造さんの料理は見事だなあ」

四つの皿に盛り付けられる艶々《つやつや》のスクランブルエッグに、ギイが溜め息交じりに言う。

「いえ、それほどでも。義一さんのコーヒーこそ、なんとも魅惑的な香りです」

謙遜《けんそん》しつつも、嬉しそうに良造が返す。

和気あいあいとしたふたりの様子に、託生は改めて感心する。さすが、特技〝対人関係〟のギイだ。

石橋を叩いて渡るような、とにかく慎重派の良造叔父さん。と雨月が教えてくれたのだが、ギイを前にした良造には疑心の欠片もなく、それどころか満面の笑みで、ふたりでキッチンに立っている。

おかげで、託生に対する良造の対応も、柔らかいものだった。

きさくでフレンドリーなギイは、老若男女、どんな立場の人とも、あっと言う間に仲良くなってしまうのだが、それはギイと知り合った高校時代からそうで（在校生はもちろんのこと、先生方や、地域のおじさんおばさんたちとも仲良しで、しかも、とても可愛がられていた）ここでも遺憾なく発揮されていた。

ギイはさておき、今朝の良造が明るいのには、もうひとつ理由があった。

昨夜のことである、雨月が良造へ、

「友だちに誘われたんだけど、部活に入ってみようと思うんだ」

と、言ってきたのだ。

良造は驚き、そして、喜んだ。

「それは、いいことだね」

静かな口調だったが、「入部にはどんな準備が必要なのかい？」

雨月から詳細を聞く前に、話を先へと進めたほどに。

部活に入ることだけでなく、友だち、と口にした雨月が嬉しそうだったことも、良造をホッとさせていた。

明日（つまり今日）、雨月は友だちと一緒に吹奏楽部へ、入部を前提に見学に行くことにしたと言う。

　数ある部活の中で吹奏楽部を選んだ理由は、ひとつには、友だちから、やったことはないけど吹奏楽に興味があるから入部しようと思う、雨月も一緒にやろうよ、と、誘われたこと。もうひとつは、吹奏楽部の顧問の先生が、下宿したことにより、ここ数日でぐっと親しくなった葉山託生であることだった。

　全方向に神経を張り詰めて学校生活を送っている雨月にとって、ちょっとした疑問や不安を伝えられる大人が、どれほど貴重で、重要か。

「明日の朝、友だちが迎えにきてくれるんだ」

　そう言った雨月の表情は明るくて、良造の心も明るくなった。

「葉山先生。恥ずかしながら、楽譜の読み方が、よくわかりません」

　雨月が正直に打ち明ける。

「読み方は、やっていくうちに覚えちゃうよ」

なにごとも、習うより慣れろ、である。

「葉山センセー、なんで同じ曲なのにこんなに楽譜がバラバラなんですか？」

タケルの質問に、

「楽器やパート毎にメロディが異なっているからだよ」

バイオリンなどの弦楽器は、一本の楽器で単旋律だけでなく和音も鳴らすことができるのだが、管楽器は単旋律しか奏でることができない。なので、たとえばフルートでドミソの和音を鳴らしたければ三本のフルートが必要なのだ。よって、パート譜も三枚必要になる。

夏休み、残り一週間という本日、まだ二学期が始まっていないので部活の雰囲気は比較的、まったりとしていた。

各々校内の好きな場所でのパート練習の時間、第一音楽室の前方、向かって左側に置かれたグランドピアノの閉じた天板の上に広げられた何枚かの手のひらサイズのパート譜を囲んで、三人は額を寄せて話していた。

各々校内の好きな場所でパート練習をしているはずのこの時間、なのだが、皆、うろうろと第一音楽室の周囲にたむろっている。なにせ、三人のやり取りが気になって仕方ない。絶賛、吹奏楽部部員たちの注目の的であった。

なんと、あの古幡雨月が吹奏楽部の体験入部にやってきた！　しかも、二年A組の編入生で桐嶺生らしからぬワイルドな魅力の加々見タケルまで、吹奏楽部に！

臨時の音楽教師で吹奏楽部の顧問も担当することになった葉山託生先生は、とっつきにくそうなすんっとした外見をしているが、話し始めると面倒見の良さがバレバレで、吹奏楽部の部員たちはあっと言う間に葉山先生に馴染んだ。

そう、部員たちがうろうろと落ち着かず、絶賛注目している最大のポイントは、雨月とタケルがどの楽器に配属されるか、の、一点。

もちろん、皆、内心、うちにきて！　と、思っている。

即戦力にはならないが、彼らがいてくれると（主に女子たちの）モチベがぐんと上がる。なにせ存在が華やかだ。

高嶺の花の桐嶺の君と、ワイルドなイケメン、どちらも捨て難いだけでなく、女子生徒の比率が高い吹奏楽部に於いて、ふたりは貴重な男子生徒なのである。

「これ、ト音記号ですよね？　葉山先生、こっちのは……？」

「これはヘ音記号。中学の合唱の楽譜で見なかったかい？」

「同じ曲名なのにこの楽譜にはフラットの記号がついてて、これにはなくて……？」

「厳密に説明するとややこしいから、ざっくりすると、吹奏楽で使われる管楽器は楽器によってそれぞれ独自の調があってね、楽譜と実音が同じだったり、違っていたり、するんだ。たとえばフルートはC管といって、指遣いのドレミを吹くとピアノの鍵盤《けんばん》のドレミと同じ音が鳴るんだけれど、もしフルートにピッコロのようなD♭管があったとしたら、ドレミと吹くと、実音つまり実際に鳴る音は、レのフラット、ミのフラット、ファ、の音なんだよ。なので合奏の

場合、実音を合わせるために、楽譜をそれぞれの楽器の調に移調して書かれているんだ。だから同じ曲なのにこんなふうに調がバラバラなんだ。それで、旋律が異なっているのは、和音を構成したり、対旋律だったり、いろいろしているからで」

「そうなんですね」

雨月は興味津々に託生の説明を聞き、「どうして楽器によって独自の調になるんだろう？」

素朴な疑問を持つ。

「それは物理的な話でね、長さと高さの関係というか、あとは材質？　とか、説明するとかなりのボリュームになってしまうからまたの機会にするとして」

するとタケルが、

「なあ雨月、この中でやってみたい楽器ある？」

と、訊いた。

雨月!?　編入してきたばかりなのに、イケメンってば、雨月サマのことを雨月呼び!?

女子たちの耳が彼らの会話にぎゅいんっと吸い寄せられる。

「打楽器、カッコイイなと思うけど」

雨月のセリフに、パーカッションの面々が静かにざわつく。

「打楽器かー。打楽器って、なにがあるんですか、葉山センセー」

「桐嶺の吹奏楽部だと、スネアドラム単体と、ドラムセット、シロフォン、コンサートバスドラム、ティンパニ、トライアングル、マラカス、シンバル、ギロ、グロッケンシュピール、ビ

ブラスラップ、ウインドチャイム、コンサートチャイム、スラップスティック、タンバリン、ビブラフォン、サンバホイッスル、は、確認したよ」

「……呪文《じゅもん》？」

タケルが言うと、雨月がちいさくぷぷっと噴き出す。

「まだ他にもありそうなんだけど、楽器の保管棚を整理してみないと全部はわからないな」

「葉山先生、それだけ楽器があるということは、パーカッションでは、それだけ人数が必要ということですか？」

「楽曲によって使われる打楽器の種類が違うし、打楽器は曲の中でポイント使いされるから、ひとつにひとりがつきっきりというよりも、ひとりでいくつか兼任することが多いんだ。とはいえ、人数がいてくれると助かるな」

「葉山センセー、二年の夏休みからまったくの初心者が楽器を始めるんなら、打楽器はアリ、ですか？」

タケルの問いに、

「そうだね。少なくとも他の楽器よりは、合奏に参加できる可能性が高いかな。本番の演奏という意味ではなくて、合奏の練習にね。どの管楽器も、初心者は先ず音を出すのが最初のハードルだから。音が出たら、それを旋律にするのが次のハードルかな？　それから、なるべく良い音を鳴らす、とか、ハードルは次々に出てくるし、合奏に参加できるようになるまで、それなりの練習時間が必要だね」

「じゃあ、下手したら、選ぶ楽器によっては、部活引退まで合奏に参加できないこともあるってことか?」

「否定はしません」

一曲のうち、吹けるようになったところだけ吹く、という練習の参加の仕方もあるにはあるが、いかんせん、下級生の一年生でも楽器のキャリアが三年ほどある。果たして最後まで、心が挫《くじ》けずに続けられるだろうか?

「……合奏に交じれたら楽しいだろうな」

ぽつりと呟いた雨月に、タケルは内心きゅんっとしつつ、

「だよな!　せっかくの部活なら、楽しくやりたいもんな。雨月、俺たち、パーカッション志望にしよう」

ざわわっ。

「ではパーカッション、やってみる?」

「はい。やってみたいです」

「俺も」

ざわわわっ。

「そうしたら、パーカッションのパートリーダーに引き合わせるね」

すると、音楽準備室の方からパチパチパチと拍手の音が。

夏休みのさまざまな大会を経て多くの三年生が引退する運動部と違い、文化部の三年生は秋

の文化祭まで現役である。パーカッションのパートリーダーの三年生が拍手をしつつ、準備室から第一音楽室へ、

「古幡くん、加々見くん、歓迎します！」

と、満面の笑みで現れた。

「ぼくが引き合わせるまでもなかったなあ」

託生も笑顔になる。

桐嶺学園吹奏楽部は強豪ではないのだが、ちゃんと練習熱心で、部活の空気にギスギスしたところもない、伸び代が感じられる良い雰囲気の部であった。

一学期の四カ月をかけて、この雰囲気作りに貢献した深瀬蓮を思って、託生は切ない気持ちになる。

彼は今頃、どうしているのだろうか？

ザ、ザ、ザ、と軽快に走る足音が後ろから近づいてきて、

「しーなちゃん」

品子は真己に声を掛けられた。

グラウンドの外側、校庭を大きくまわる運動部のランニングコース。

　ふたりは、どちらからともなくペースを落とすと、

「女子テニスの子たちが走ってるのを見かけたから、品ちゃんもいるかなって」

　真己が話を続ける。

「女バスもこれから？」

「うん、これから。それより品ちゃん、あの噂、聞いた？」

「どの噂？」

「理事長邸に、ものすっっっごいイケメンが住み始めたって噂。ときおり裏庭に出没するんだって」

「え？　なにそれ？　知らない」

「臨時の音楽の先生が、理事長邸に下宿するって噂は？」

「それは、聞いてる」

　というか、父が激怒していたので、知っている。

　雨月からの提案を「くだらない」と撥ね除けた父だが、それを父に伝えた兄が珍しいことに賛成に回り、その上これまた珍しいことに、あまり表立ったことをしない雨月の叔父の良造が後ろ盾となり、雨月の案を強く主張した。

　思わぬ抵抗を受け、学園の不利益にはならないことを理由に、父が折れたのだ。

　今回の件で父は雨月の肩を持った兄を裏切り者と罵《ののし》っていたけれど、裏切りだなんて、そんな大袈裟な、と、品子は内心呆れた。

兄には兄の事情（弱み）があるとはいえ父の言いなりになりがちな兄が、いったいなにがあったのか、今回、父に刃向かう姿が頼もしく映った。

品子は少しだけ、兄を見直したのだ。

「真己ちゃん、ということは、臨時の音楽の先生がすっごいイケメンってこと？」

品子の問い。

「だったら今からでも選択で音楽、取りたいよね」

本気とも冗談ともつかない真己へ、

「でも臨時でしょ？　一カ月くらいで、新しい音楽の先生と替わるんだよね？」

冷静な品子。

「桐嶺の君より綺麗なのかなあ？　それとも、タケルくんよりカッコイイのかなあ」

わくわくと続けた真己へ、

「そういえばタケルさん、雨月さんと同じクラスなんだよね」

「二年A組でしょ？　頭も良いって、最強だよねタケルくん」

「せめて部活は……」

「そう！　部活は！　なのに、どうして吹奏楽部にしちゃったのー？　男バスに入ってもらいたかったのにぃー」

「選択教科を音楽にするより、今から吹奏楽部に入る方が、真己ちゃんにはお得かも？」

品子の冗談に、

「そういう品ちゃんだって、吹奏楽部に入れば、桐嶺の君と同じ部活になるよ？」

「だから、私と雨月さんはそういうんじゃないってば」

「はっ！　吹奏楽部って、女子率、ものすごく高くなかった？」

「うん。高い」

「えええ、心配ー。可愛い子、いるのかなあ？」

「どうなんだろ？　うちのクラスに吹奏楽部の人、いたっけか？　いたら、様子、教えてもらおうか？」

音楽に特に関心のなかった品子と真己は、これまで吹奏楽部はノーチェックだったので、とんと様子がわからない。

「うーん。バスケを取るか、タケルくんを取るか」

「真己ちゃん、タケルさんに告白するの？」

「しないよ？　まだ、しない」

「バレンタイン狙い？」

「だったけど、でも、ぐずぐずしてたら、吹奏楽部の可愛い子か、二年A組の可愛い子に、タケルくん、取られちゃうかなあ」

「……取られちゃう、かあ」

学年違いで部活も違うと、不利だなあ。

品子は改めて現実を思う。

彼女になりたい、とまではいかなくても、せめてもう少し親しくなりたいとしても、接点なんかまったくないのだ。

「それにしても意外な組み合わせだよね。タケルくんと桐嶺の君が仲良しになるなんて」

「うん、意外」

「ねえねえ品ちゃん、桐嶺の君にダブルデートしませんかって誘ってみてよ？　品ちゃんと桐嶺の君と、私とタケルくんの四人で、ダブルデート。どうかな？」

「えー？　ハードル高くない？」

「高いかなあ？　品ちゃんだったら、大丈夫じゃないかなあ？」

「雨月さん、あんまり出掛けたりしないし」

調子の良いときでも、少しの無理がすぐに心臓に響くので。地元のお祭りにちょこっと出掛けるくらいが、せいぜいだ。

「うーん。だったら、どうやって親しくなったらいいのかなあ？」

「真己ちゃんのお姉さんが、もし、タケルさんのお兄さんと結婚したら、真己ちゃんとタケルさん、親戚《しんせき》になれるよ？」

「それはそうだけど、そういうんじゃなくてぇ」

駄々をこねる真己の、気持ちはわかる。

品子に対してふわりふわりとはぐらかすような態度を取るタケルに、品子はどうしたら仲良くなれるのか、ぜんぜんわからなかった。

おそらく、真己に対してのタケルもそんな感じなのだろう。

なのにタケルと雨月は、登校日から、あれよあれよという間に親しくなって、しょっちゅうふたりでいるところを目撃されている。

おまけに、雨月もタケルも、とても楽しそうなのだ。

ぶっちゃけ、すごく、羨ましい。

そのとき、前方からきゃーという黄色い悲鳴が聞こえてきた。

ランニング中の運動部の女子たちが、フェンスの方へ駆け寄っている。

「え？　え？　なに？」

驚く品子に、

「品ちゃん！　きっと裏庭にイケメンが出たんだよ！　私たちも見に行こ！」

さっきから出没とか出たとか、野生動物やＵＭＡじゃあるまいし。と、突っ込む間もなく、真己にぎゅっと手を掴まれた品子は、猛ダッシュで、フェンスに鈴なりになって古幡邸を覗いている女子たちのカタマリに向かって走った（走らされた）。


きゃーっ！

ここはアイドルのコンサート会場ですか？　と錯覚しそうな女の子たちの歓声に、

「ギイ、こっわ」

胸に会社名の入った作業着姿の章三が、これみよがしに肩を竦める。「ギイが裏庭に出てきた途端にこれだ。だから出てくるなとクギを刺しておいただろ。なんで出てくるんだよ、仕事がやりにくいったらない」

しかも、どんどん人数が増える。——そんなに体重をかけると、フェンスが倒れてしまわないか？　冷や冷やする章三をよそに、

「章三が気にしなければ良いだけだろ？　修行が足りないなあ」

ギイはどこ吹く風だ。

「よく見ろ。うちのスタッフがビビってるだろ。いいから、去れ。今すぐ、立ち去れ」

「この時間は良造さんが作業に立ち会えないから、オレが監視役として来たんだよ。去れと言われても、去れないな」

「仕方ない、ちゃちゃっとやるか」

章三は腹を決め、「おーい、始めるぞ！」

スタッフに声を掛けた。

古幡邸の古い洋館。館内に関しての見積もりは一通り済んだので、次は外側の修繕箇所のチェックと計測、要望を聞き取る。

わいわいと賑やかにこちらをガン見している鈴なりの女子高生たちを意識しつつも、手際よく、精密に、計測を進めるスタッフに、彼らの腕の良さや、章三が勤める設計事務所のレベル

の高さが窺われた。

なにより、章三の、屋敷を見詰めるわくわくとした眼差し。——時代の新旧にかかわらず、量産型の住宅ではなく建築家による一点ものの住宅に強く心惹かれる章三にとって、古幡家は章三の本領発揮、腕の見せ所ともなる、うってつけの案件なのである。

コネであろうとなんだろうと、章三に依頼して正解だったな。

ギイは満足げに様子を見守る。

あまりに老朽化が進んでいたなら、修繕ではなく建て替えの検討が必要だが、幸いにして、そこまで傷んではいなかった。

「章三、くれぐれも請求書は古幡家ではなく、オレに送れよ」

「わかってるよ」

多少時間はかかっても質の良い材木を取り寄せてくれと、ギイに依頼されたとき、どの程度のグレードが求められているのかわからずに即答を避けた章三だが、実際に現場に来て、自分の目で見て、木材の入手だけでかなりの時間と金額がかさむことを予感した。

豪奢ということではなく、国産の良い材木が潤沢に使われた、贅沢に建てられている洋館。道理で傷みも少ないわけだ。それと品質を合わせろと、年々国産の良木の入手が困難になっている現状、ギイの依頼はなかなかの難題でもあった。

どうしてそこまで品質にこだわるのか。

ギイの返答は、向こう数十年、家人が安心して住めるように、とのことだった。現在高校生

の家主が、生涯をこの家で安泰に暮らせる品質を、と。

　どうしてそこまで手厚く肩入れするのか。親戚でも古い知り合いでもなく、況《ま》してや恩人でもない少年の、行く末に。

　理由を訊いても、

「なんでって、——やりたいから？」

　と笑うギイの真意は〝相棒〟と呼ばれた章三にも計り知れないが、ギイのことだ、本当に、ちょっとやってみたくなったから、だけで、実行に移してしまいかねない。

　祠堂にいた頃から、ギイは、そう、だった。——その気になれば、これくらいのことやっちゃうよな、ギイは。

　章三は妙に納得する。

　とはいえおそらく、ギイの心を揺り動かしたなにがしかが古幡家の人々にはあるのだろう。

　計測を続けていると、どこからか美味しそうな匂いが漂ってきた。古幡良造が昼食の準備をしている匂いだ。

　気づけばフェンスに鈴なりだった女子生徒の姿もなく（運動部のランニングの最中だったので、いつまでもいられるはずがなかった）、もし祠堂学院が共学だったら、モテまくるギイを朝から晩まで見せつけられていたのかもしれないな、つくづく男子校で良かった、と、章三は密かに感謝した。

　その美貌だけでなく、ふとしたときにスケールの違いを感じさせる崎義一。

よくぞ、こんなに平凡な男を相棒にしてくれたものだ。

「ギイ、終わったよ」

合図をすると、

「お疲れ！　章三たち、昼飯食ってく？」

きさくにギイが誘う。

「いや、うちの社では、トイレすらクライアント宅で借りてはいけない規約なんだ。なのに、昼食とか。気持ちはありがたいが遠慮させてもらう」

「カタいな、章三。そういうところ、高校のときから変わらないな」

「ギイ、聞いてたか？　社内規約、罰則あり。わかる？」

「わかった。残念だ。良造さんの作る飯、章三と張るくらいのバリ旨なんだけどな」

「だから口説くな」

章三は苦笑して、「いつかプライベートで御馳走《ごちそう》になるよ。それでは、古幡さんに挨拶してから、撤収するわ」

「おう。お疲れ。ありがとうな」

ギイがひらりと手を振ると、章三とスタッフが丁寧な一礼をよこした。

そのギイのスマホに一通のメールが着信する。ギイは素早くメールを読み、

「……ふむ。プロファイルは問題なしか」

頼んでおいたプロファイリングの最終結果にも、不審な点はみつからなかった。

犯罪という意識もなく、取り憑《つ》かれたように古幡雨月を信奉していた同級生。

「つまり、黒幕の存在も、なし、か」

ギイの中の違和感が完全に払拭《ふっしょく》されたわけではないが、不穏なオチではなくて、どこかホッとしている自分がいた。

「——葉山先生！」

夏休みならではの、閑散とした職員室前の廊下で声を掛けられて、託生は立ち止まる。

託生よりやや年上の、ポロシャツにチノパンというラフな服装の男性教師が、にこやかな様子で近づいてきて、

「ご挨拶したかったんです。自分、二年A組の担任をしている勝呂《すぐろ》です」

「あ。——古幡くんと加々見くんのクラスの？」

「はい。このたびは、ふたりがお世話になりまして」

「まだお世話というほどのことは、していないんですが」

託生が恐縮すると、

「いやいや」

と笑い、「古幡がようやく部活に入ると聞いて、肩の荷がひとつ下りた心持ちです」

「勝呂先生は、古幡くんに部活をさせたかったんですか？」

「本人がなかなかうんと言わないので難しかったんですが、部活に入ると共通の話題ができますからね。仲の良い友人も作りやすいですし」

「……なるほど」

「葉山先生は、普段はどんなお仕事を？」

「ぼくは音大で働いています」

「じゃあ、この期間は大学の仕事を休んで？」

「うちの音大は、九月の末まで夏休みなので」

「確か、深瀬先生の母校ですよね？」

勝呂が深瀬の名前を出したので、ここぞとばかりに託生は、

「その深瀬先生なんですが、どうしてこんなことに？」

と、質問した。

桐嶺に派遣されてから、夏休みとはいえそれなりの数の教員と挨拶を交わしたが、全員が託生がここにいる事情を知っているはずなのに、肝心の深瀬の話題に触れてこなかった。

なんだか禁忌の様相で、託生としても一歩を踏み込むタイミングが測れずにいたのだ。

「自分もそれを訊きたかったんですよ。葉山先生、大学では、なにか把握してるんですか？」

「いいえ、まったく。事情がわからないままぼくは派遣されたので、とても心配しています」

「そうですか……」

「クラス運営で行き詰まるという話はよく聞くのですが、深瀬先生は担任を持っていなかったんですよね。その分、ストレスは少なかったんじゃないかと思うんですが」

「あー、ただ、もしクラスを持っていたら、生徒たちから聞き取りができたんですけどねえ」

「……聞き取り？　ですか？」

「いきなり担任が無断で学校にこなくなったら、そりゃあクラスは混乱必至ですけども、生徒たちはそれまで担任の日々の様子を見ているわけで、些《さ》細《さい》な変化に気づいていた可能性もありますし。彼らの目はなかなか鋭いので、うまく聞き出せば、なにか教えてもらえたかもしれないんですけどね」

　そうか。クラスを持つということは、生徒たちによって、日々、じっくりと定点観測されるようなものなのか。

　週に一度や二度の授業や、部活の顧問だけでは、見えないなにか。

「勝呂先生には、こうなった原因に心当たりはありますか？」

「深瀬先生は新卒で自分とはけっこう年齢が離れてますし、担当教科も違うので、あまり親しくはなかったんですが、少なくとも、授業や部活の指導で悩みや問題を抱えていたという話は耳にしたことはなかったですよ」

「真面目な学生だったと聞いていますので、無断欠勤というのが、どうにも」

「そうなんですよねえ」

　勝呂はぽりぽりと頭を掻《か》くと、「なにがあったんでしょうねえ」

と、続ける。

登校拒否の生徒ならば学校としても放ってはおかないだろうが、無断欠勤の教員となると、そこまで手厚い対応はしない。

「先日、深瀬先生のご実家から、退職届けが郵送されてきた話は耳にしたんですが。学校は受理したそうで、ですけど結局、無断欠勤の理由はわからずじまいで」

「この学校では、よくあることなんですか?」

「たとえクラス担任を持たないとしても、新卒の先生が深刻な悩みに直面するのは、通過儀礼のようなもので、避けては通れないですし。ですがここまで悪化したケースは、少なくとも、自分が勤め始めてからはないですね」

「再発防止の対策とかは……?」

「立てるとしたら、教頭や教務主任の役目ですが、どうかなあ? あの人ら、やるのかな」

勝呂のニュアンスからは、当てにならない空気が漂っていた。そして、「……教員、余ってますからねえ」

ぼそりと続ける。

教師という職業に絶望して離職する者も多く、教員不足と世間でいわれるようになって久しいが、資格はあっても就職口のない教員も少なくない。一見矛盾しているが、給料面でかなり条件の良い私立の、今回の季節外れの新規募集に、希望者は殺到することだろう。

新卒や経験者などにこだわらなければ、潜在的な意味で、教員は余っているのだ。

使い捨てしようと思えば、いくらでも。

さすがの世間知らずの託生でも、それは理解していた。

「すみませんね、暗い話になってしまって。古幡が吹奏楽部の入部に気持ちが動いたのも、顧問の葉山先生が、話をちゃんと聞いてくれるという安心感があったからかもしれませんね」

「いや、ぼくは、そんな、たいした者ではないので……」

「臨時でなく、いっそ、このまま桐嶺に就職してもらいたいくらいですよ」

「そんな風に言っていただけると、お世辞でも嬉しいですけども」

「お世辞か」

ははは、と笑ってから、勝呂は声を改めると、「葉山先生。加々見は、桐嶺に編入してきたばかりの生徒ですが、マイペースで、嫌なことは嫌とはっきり意思表示できるので、少し離れて見守るくらいでも大丈夫かと思います。古幡は、責任感が強くて、頑張り過ぎるくらいの頑張り屋なので、ときどきブレーキをかけてやってください」

よろしくお願いします。と、頭を下げて、立ち去った。


午前中で部活が終わり、午後から街の楽器店へ、先ずは基本のドラム用の（マイ）スティッ

クを一緒に買いに行く約束をしたものの、

「……張り切り過ぎちゃったかな」

雨月は体調を崩して、リビングのソファで横になっていた。良造から、部屋のベッドで休むようにと言われたが、ダイニングには皆がいて、仕切りのガラス扉を開けておくと、リビングにも皆の声が届くのだ。

雨月のワガママを、良造は「仕方ないな」と許してくれた。

良造やギイや託生たちの楽しげな話し声を、子守歌にしていたかった。——おそらく初めて耳にする、犠牲や負担を強いてばかりの良造の、屈託のない明るい声に、雨月は救われるような心持ちだった。

雨月は、良造の庇護がなければ今まで生きてこられなかった。もちろん感謝はしているけれど、申し訳なさが、いつも胸の痞《つか》えになってて。

それが、少しだけ、軽くなる。

「かもな」

からりと笑ったタケルは、「雨月、のんびりペースで行こうな。時間はたっぷりあるんだからさ」

がくりと体調を崩した雨月に、内心ひやりとしていることをおくびにも出さずに、敢えて、はっきりと、続けた。

案の定、雨月は当惑した視線を向ける。

のんびり、とか、時間はたっぷりある、とか、危なっかしい心臓のせいで長くは生きられないと宣告されている雨月には、馴染まない言葉たちで。

ソファのひじ掛けに軽く腰をかけて、雨月を覗き込んでいたタケルは、少しだけ顔を曇らせた雨月へ、その血の気の失《う》せた青白い額へ身を屈《かが》めてキスをすると、

「これからは、のんびりペースで行くからな」

と、繰り返す。

駆け足で生きることを、許したくない。一分でも一秒でも長く、雨月をこの世にとどめておきたい。

『タケル、古幡邸の修繕は本格的にやることにしたぞ。雨月くんが生きている間、向こう百年でも、ビクともしないようにな』

ギイが言った。

雨月との顚末を知ったギイに、ほーら、オレが読んだとおりになっただろ？　と、にやにやしながら散々からかわれるだろうなと、仕方ない、今回は甘んじてからかわれようと、腹を括《くく》っていたのだが、ギイの対応は、タケルの予想だにしないことだった。

『オレは徹底的に抗《あらが》うからな、タケルの〝宿命〟とやらに。オレが培っている最先端の医療とテクノロジーで、とことん抗ってやる』

人間離れした崎義一。タケルの能力が効かない、唯《ただ》ひとりの人間。

そう、タケルにとっての、特異点。

だよな、ギイ。

お前と出会えた奇跡。

「……なあ、雨月」

タケルはそっと問いかける。「たとえばだけど、もし、俺が何年経ってもこの姿のままだったら、雨月はどうする？　俺のことを不気味と思うか？」

今、ここに、雨月が生きている奇跡。

雨月はじっとタケルを見詰めると、

「タケルは吸血鬼なのかい？」

真剣な表情で訊いた。

「いや？　違うけど」

「けど、人間じゃない？　ってこと？　宇宙人《エイリアン》とか？」

「いや、それも違うけど」

「なら、……化け猫？」

タケルとのキスの味でわかった。「僕たち、もっと前に、出会ってる？　僕に薬を飲ませてくれて、あのとき命を助けてくれたのは、タケルだろ？」

冷たくて硬い廊下に転がっていた、飲み損ねたトローチ。

「……かもな」

タケルは軽く笑って、「怖い？」

と、訊く。

閉まっていたはずの特別教室のドア、内側から鍵を掛けたはずなのに、なぜかドアは開き、瞬間移動のようにタケルが現れ、雨月を助けてくれた。

「姿が変わらないって、どういう意味？　年を取らないってこと？」

「ああ。十年後も二十年後も、俺はこの姿のままだ」

「……タケルのお兄さんも？」

「いや。兄は普通の人間だよ」

「普通……」

雨月は少し考えて、「タケルといると、僕だけ年を取るってこと？　あ、僕だけ、老けちゃうのか」

「おじいさんの雨月でも、俺は、愛する自信がある」

けろりと告げたタケルに、雨月がぷぷっと噴き出す。

「そんなに長く、付き合えるかな」

「……試してみる？」

真剣に訊くタケルに、雨月はまた、考えた。

「怖くないかと訊かれたら、怖いよ。でも、ぼくは、タケルが、好きだ」

言いながら、涙が溢れた。

死ぬのも怖い。心臓がいつ止まってしまうのか、思っただけで怖い。

「俺は、雨月に嫌われるのが怖い」

そっと打ち明けたタケルに、また雨月がぷぷっと笑う。

「……試して、みようかな」

暗いばかりだった心に、ぽうっと明かりが灯《とも》る。

誰かとの未来を望むなど、してはいけないと思っていた。だって、相手に迷惑しかかけない。自分が誰かをしあわせにすることなど、到底無理だと思っていた。

タケルは泣き笑いの雨月に、今度は額でなく、くちびるにキスをする。

長い長いキスのあと、

「雨月。ちなみに、俺は、化け猫でもない」

さっき訂正し損ねたからな、と、タケルは笑った。

本書は書き下ろしです。

ごとう しのぶ
静岡県に生まれる。ピアノ教師を経て小説家に。著作に「崎義一の優雅なる生活」シリーズ、「タクミくん」シリーズ、「カナデ、奏でます！」シリーズ、「ブラス・セッション・ラヴァーズ」シリーズ、『闇にあかく点るのは、鬼の灯か君の瞳。』『卒業』『Bitter & Sweet Memories』などがある。

崎《さき》義《ぎ》一《いち》の優雅《ゆうが》なる生活《せいかつ》　愛《いと》しきリインカーネーション

2024年３月１日　初版発行

著者／ごとう しのぶ

発行者／山下直久

発行／株式会社KADOKAWA
〒102-8177　東京都千代田区富士見2-13-3
電話　0570-002-301（ナビダイヤル）

印刷所／旭印刷株式会社

製本所／本間製本株式会社

●お問い合わせ
https://www.kadokawa.co.jp/（「お問い合わせ」へお進みください）
※内容によっては、お答えできない場合があります。
※サポートは日本国内のみとさせていただきます。
※Japanese text only

定価はカバーに表示してあります。

ISBN 978-4-04-114638-5　C0093